KB177873

# 퀘스트, 나이트메어

# 퀘스트, 나이트메어

제리안
장편소설

이지북
EZbook

# 프롤로그

가로등도 없는 길을 걷던 아이들은 황량한 공터에 이르러서야 걸음을 멈췄다. 관광호텔이 들어설 예정이었던 이곳은 공사 도중 부도가 나버리는 바람에 폐건물로 방치되어 인적조차 끊긴 지 오래였다. 건설사 대표가 자살했다는 흉흉한 소문처럼 무성하게 자란 잡초만 주위를 비밀스럽게 에워싸고 있을 뿐이었다.

2층까지 올라왔을 즈음, 한 아이가 가뜩이나 좁은 어깨를 움츠리며 물었다.

"왜…… 이런 데까지 온 거야?"

"김지후, 너 오늘 생일이잖아. 애들아, 준비물 잘 챙겨 왔지?"

무리 중 가장 키 큰 친구가 힐끗 돌아보자, 다른 친구들도 응수했다.

"당연하지. 다른 사람도 아니고 네 생일인데 이 정도는 해줘야지, 안 그래?"

"그럼 우리 지후는 눈 좀 가리고 있자. 깜짝 이벤트인데 지켜보고 있으면 의미가 없잖아."

친구들은 너 나 할 것 없이 들뜬 모습이었다.

"고, 고마워. 이렇게까지 해줄 줄은 몰랐는데……."

초등학생 시절부터 늘 외톨이었던 지후는 묘한 기분에 휩싸였다. 고등학교에 입학하자마자 친구가 무려 세 명씩이나 생긴 걸로 모자라, 생일 파티까지 해주겠다며 다들 흔쾌히 모여주다니. 그것도 밤 열한 시가 다 되어가는 늦은 시간에 말이다. 분명 고마운 일은 맞지만 폐건물 분위기 탓인지 긴장이 되었다.

그러던 중 누군가가 갑자기 바지 주머니에서 안대를 꺼내 지후의 눈에 씌워주었다. 답답하더라도 조금만 참으라는 말과 함께. 부드러운 말투였으나, 시야가 차단되자 불안감이 커졌다. 친구들이 부산 떨며 무언가를 꾸미는 사이 지후의 손바닥엔 땀이 흥건히 배었다. 도대체 어떤 이벤트를 준비했기에 굳이 이런 곳으로 데려온 걸까.

"자, 자. 주인공은 여기 앉으시고."

한 친구가 어정쩡하게 서 있던 지후를 의자에 눌러 앉히고는 덧붙였다. "잊을 수 없는 생일 파티가 될 테니 기대해도 좋아"라면서. 그 말이 끝나기가 무섭게 지후의 입가가 경련하듯 쌜룩거렸다. 형언할 수 없는 공포가 급작스레 온몸을 옥죄어왔다. 물 한 방울 없이도 곧 익사할 것처럼 숨이 가빠오기 시작했다.

지후는 안대가 벗겨지고 난 뒤에야 자신이 처한 상황을 알아차릴 수 있었다. 박스 테이프로 상반신이 꽁꽁 묶인 그의 발밑엔 긴 폭죽 여러 개가 반원 형태로 고정된 채였다.

"얘, 얘들아! 왜들 이래……. 이거 풀어줘, 응? 장난이 너무 심하잖아!"

"심하다니, 누가 보면 우리가 너 때리기라도 하는 줄 알겠다. 의자에 묶은 건 네가 놀라서 도망칠까 봐 그런 거야."

친구들은 오히려 억울하다는 표정이었다. 아직 폭죽에 불을 붙이진 않은 상태였으나 이미 걷잡을 수 없는 공포에 휩싸인 지후는 울먹이며 버둥거렸다.

"안 도망칠 테니까 얼른 풀어줘. 부탁이야."

"1열에서 직관하라고 신경 써서 준비한 건데, 우리 성의를 무시하는 거야?"

한 명이 입술을 삐죽하며 폭죽 심지마다 정성스레 불을

붙였다.

"김지후, 생일 축하한다!"

세 사람이 이구동성으로 외치며 두어 걸음 물러나자 사방팔방에서 폭음과 함께 불꽃이 요란하게 터지기 시작했다. 동시다발적으로 쏘아진 불꽃이 캄캄한 건물 내부를 휘황찬란하게 밝히는 동안, 세 사람은 뭐가 그리 신나는지 환호성을 질러댔다. 급기야는 의자 근처에 시너를 쏟아붓고, 스파클 폭죽을 한 움큼씩 던지며 키득거렸다.

"이야, 오늘 김지후 덕분에 불꽃놀이 제대로 해본다!"

바로 그때, 바닥에 뿌려진 시너에 불똥이 튀면서 화염이 솟구쳤다. 순식간이었다.

"야, 야! 소화기, 소화기!"

긴박한 마음에 휴대용 소화기를 뿌려보았으나 번질 대로 번진 불길을 잡기에는 역부족이었다.

"씨발, 어떻게 좀 해봐! 빨리!"

세 사람이 어쩔 줄 몰라 우왕좌왕하는 사이 지후의 처절한 비명이 맹렬한 화염 사이로 새어 나오고 있었다.

# 수상한 잡화점

눈을 감았다가 다시 천천히 떠보았다. 몇 번을 반복해도 달라진 건 아무것도 없었다.

"분명히 여기 있었는데⋯⋯."

도하가 흐리멍덩한 눈빛으로 중얼거리자 같은 곳을 바라보던 우주가 특유의 눈웃음을 지으며 반문했다.

"혹시 그것도 꿈 아니었을까?"

도하가 갸웃거리는 사이, 로운이 대신 대답했다.

"그럴지도."

"나우주, 너 마니차(摩尼車) 갖고 있어?"

"응, 내 방 책상에 잘 놔뒀지."

해맑게 돌아온 대답에 로운의 표정이 시멘트처럼 굳어졌다. 누가 웃는 얼굴에 침 못 뱉는다고 했던가. 방긋방긋

웃고 있는 우주의 얼굴을 보고 있자니 당장이라도 뱉을 수 있을 것만 같았다.

"얘들아, 잘 들어. 우리는 그 잡화점에 갔었어. 그것도 같은 날 밤에. 우리가 갖고 있는 마니차가 바로 그 증거잖아. 절대 꿈 따위가 아니라고."

로운은 확신에 찬 표정으로 단언했지만 도하와 우주는 여전히 아리송한 얼굴이었다.

"야, 근데 잡화점이 있어야 할 자리에 사진관이 있는 건 어떻게 설명할 건데? 사람들 말로는 저 사진관 삼십 년째 여기 있었대. 똑똑한 네가 어디 설명 좀 해봐."

도하의 말에 로운은 즉답을 미루고, 그날 밤의 기억을 세세히 되짚어보았다.

*

지난 토요일 밤, 발길 닿는 대로 걷다가 문득 정신을 차려 보니 로운은 생전 처음 와보는 장소에 도착해 있었다. 체감상 십오 분 정도 걸은 것 같은데 초고층 아파트가 즐비한 로운의 동네와는 사뭇 다른 정취가 느껴졌다. 한두 사람이 겨우 지나갈 수 있을 정도로 좁다란 골목에 식당과 전기상, 문방구, 헌책방 같은 단층 건물이 다닥다닥 맞붙은 노포 거리였다.

두리번거리며 굴다리를 막 통과할 무렵 우연히 한 상점이 로운의 시야에 들어왔다. 간판 글자가 군데군데 지워진 탓에 정확한 상호는 알 길이 없었지만, 목조건물의 창문으로 얼비치는 따스한 불빛이 왠지 모를 정감을 자아냈다.

로운은 이끌리듯 걸어가 상점 문손잡이를 당겼다. 입구에서 대충 둘러봐도 통일성이라고는 찾아볼 수 없는 물건들이 진열대 위에 무질서하게 놓여 있었다.

'잡화점인가 보네.'

그렇다고 해도 이런 걸 누가 살까 싶은 물건만 한가득 있어서 잡화점이라는 단어만으로는 설명되지 않는 이상한 가게였다. 천장에는 텅 빈 새장 몇 개와 핼러윈 호박 모양의 조명등이 주렁주렁 매달려 있었다. 매대로 시선을 돌려 보니 꽤 이국적인 물건이 놓여 있었다. 10센티미터 정도 크기에 2단짜리 원기둥 모양 통이었다. 생소하기만 한 물건을 로운은 가만히 구경하고 있었다.

"마니차라는 거야. 티베트 불교에서 사용하는 건데, 통안에 불경이 들어 있어. 문맹률이 높던 시기에 글을 모르는 사람도 경전을 읽을 수 있도록 만들어진 게지. 통을 한 번

돌리면 불경을 읽은 것과 똑같은 공덕이 생긴단다.”

흠칫 놀라 뒤돌아보니 회색 머리칼의 노파가 구부정한 자세로 서 있었다.

“여기 주인이세요?”

“학생도 매일 악몽 꾸고 그래?”

각기 다른 질문이 서로 엇갈렸다.

“어, 어떻게 아셨어요?”

할머니는 대답 대신 마니차를 눈짓으로 가리켰다. 로운도 덩달아 바라보자, 청록색이었던 마니차가 마치 반딧불처럼 은은한 빛을 뿜어내며 천천히 돌아가기 시작했다. 신비로운 광경에 넋을 놓은 로운의 눈동자가 물결치듯 일렁였다.

“얼마예요?”

평소라면 관심도 없었을, 아니 잡동사니 취급하고 외면했을 법한 물건을 그 순간만큼은 제 것으로 삼고 싶었다. 무언가에 단단히 홀린 것 같았다.

“천…….”

“천 원이요?”

“천…… 명.”

“예?”

대한민국 화폐 단위는 엄연히 '원'인데, 가격에 '명'이 붙다니. 이해가 가지 않았다.

"학생이 탐내는 저 물건값이 천 명이라고, 천 명."

아무래도 노망난 할머니인 것 같았다. 어쩐지 손님이 없더라니. 뒤늦게나마 현실을 자각한 로운이 허탈하게 발길을 돌리려던 찰나.

"천 명의 악몽을 깨끗이 지워주면, 학생의 끔찍한 악몽이 영원히 사라질 거야. 매일 밤 반복되는 몽유병도."

몽유병이라는 말을 듣자마자 로운의 눈꺼풀이 파르르 떨렸다.

"할머니, 뭐 하시는 분이에요?"

"보면 몰라? 잡화점 주인이잖아. 아무튼 살 거야, 말 거야?"

"저기요, 대체 무슨 수로 남의 악몽을 지워줘요? 그것도 천 명씩이나. 그게 가능하긴 한 거예요? 할머니, 저는 제 코가 석 자거든요. 저도 악몽 때문에 미칠……."

"누가 혼자 하래?"

"아니, 제 말 들으셨어요?"

로운은 분통이 터지기 일보 직전이었다.

"학생 말고도 두 명이 더 사 갔어. 셋이 힘을 합치면 천

명쯤이야, 뭐."

"그 두 명은 또 누군데요?"

"곧 만나게 될 거야. 이건 방금 임자 만난 것 같으니까 가져가."

할머니는 마니차를 떠넘기다시피 로운의 손에 덥석 쥐여주었다. 강매당한 이 기분은 뭐지. 찜찜하기 이를 데 없었지만 로운은 자포자기 심정으로 잡화점을 빠져나왔다.

'이걸로 뭘 어쩌라는 거야?'

밖으로 나와 다시 바라본 마니차는 신비롭게 반짝이던 조금 전과 달리 평범한 청록색으로 돌아와 있었다.

# 나이트메어 플레이어

잡화점, 아니 사진관 앞에 줄곧 서 있던 세 사람은 별수 없이 돌아섰다.

"잡화점이 감쪽같이 사라진 건 설명이 안 되지만 할머니 말은 사실이었잖아. 곧 만나게 될 거라더니, 그날 마니차를 사 간 우리 셋이 같은 반일 줄이야……."

로운은 짧게 숨을 내쉬고서 미지근한 공기를 폐부 깊숙이 들이마셨다.

"대박이었지. 그보다 나는 우리가 꿈속에서 만난 게 더 신기한데."

우주가 버릇처럼 바지 주머니에 손을 찔러 넣으며 말하자 도하는 흥분을 감추려는 듯 담담한 말투로 덧붙였다.

"난 우리가 꿈을 자각하고 원하는 대로 컨트롤할 수 있다는 게 안 믿겨. 영화에서나 나오는 얘긴 줄 알았는데. 아직도 믿기지가 않아."

"영화에서나 나오는 얘기 아니고 실제로 있어, 우리 같은 사람들. 내가 인터넷 샅샅이 뒤져서 조사를 해봤는데……."

로운은 자신이 알게 된 정보를 구체적으로 들려주었다. 흔히 루시드 드림이라 불리는 자각몽은 자면서도 그것이 꿈이라는 걸 인지하는 상태이고 공유 자각몽은 자각몽 중인 사람이 다른 사람의 꿈속으로 들어가거나 꿈속에서 두 명 이상 만나는 것을 의미했다.

공유 자각몽을 꾸기 위해서는 꾸준한 연습이 필요했다. 꿈을 마음대로 조종하는 것도 마찬가지였다. 그런데 세 사람은 꿈만 꾸면 그것이 꿈이라는 걸 자각하고 조종도 가능한 이른바 '내추럴 루시드 드리머'였던 것이다.

"정리하면, 평범한 고등학생인 우리한테 갑자기 그런 능력이 생긴 건 그 물건 때문이라는 거네? 우리 꿈을 이어주는 매개체기도 하고. 어떻게 이런 일이 가능하지?"

"우리 선택받은 건가."

"그게 왜 하필 우리냐는 거지, 내 말은."

로운은 머리가 지끈거려 목덜미를 부여잡았다.

"천 명의 악몽을 대신 꿔주려고 해도 사람들이 안 오잖

아. 방법이 있어야지, 방법이."

　의뢰인 모집을 위해 동아리를 결성하는 것까진 좋았는데 정작 방문자가 없다는 게 문제였다. 우주는 입술을 잘근잘근 씹으며 얼굴 가득 물음표를 그렸다. 그때 도하가 서먹해진 분위기를 비집고 들어왔다.

　"동아리명이 원인 아닐까? 선생님께 말씀드려서 다른 걸로 바꾸는 건 어때?"

　미스터리 고민 상담부라는 동아리명을 들은 선생님도 동아리 개설은 허락해주었지만 앞으로의 활동에 대해서는 꽤 걱정하는 눈치였다.

　"미스터리와 고민 상담이 매치가 안 되는 건 맞지. 동아리 이름 그렇게 정하자고 했을 때부터 난 마음에 안 들었어. 그래도 발을 담근 이상 이대로 포기할 순 없으니까 뭐라도 해보자."

　회의적인 로운의 대사를 끝으로, 세 사람은 저마다 고민에 빠졌다. 동아리명을 무엇으로 바꿔야 악몽에 시달리는 아이들이 제 발로 찾아올까. 게시판에 홍보 전단지라도 붙여야 하나, 아니면 교내 방송이라도 해야 하나, 그것도 아니면 학교 홈페이지에 글이라도 올려야 하나 고심하다 보니 어느덧 교문 앞이었다. 벚꽃 잎이 흩날리는 운동장을 가로지를 때까지 누구 하나 입을 열지 않았다.

마땅한 아이디어가 생각나지 않아 시무룩해하고 있을 즈음 도하가 느닷없이 고개를 휙 들며 소리쳤다.

"맞다, 그거였네!"

"뭔데?"

여전히 양손을 호주머니에 찔러 넣은 우주의 눈동자가 호기심으로 반짝였다. 그러나 도하의 시선은 의외로 로운을 향했다.

"왜 그렇게 쳐다봐?"

"키 크지, 잘생겼지, 성적 좋지, 운동까지 잘하지. 이런 간판스타를 두고도 몰라봤네, 내가."

"칭찬으로 들리지 않는 건 기분 탓인가. 무슨 꿍꿍이야?"

"하여간 눈치는 빨라."

도하는 음흉한 미소를 머금은 채 로운을 빤히 쳐다봤다.

"자, 잠깐만⋯⋯. 설마 나더러 동아리 홍보 모델이라도 하라는 거 아니지?"

"너 학교에서 인기 많은 거, 너도 인정하잖아."

"그거야 자기들이 멋대로 좋아하는 것뿐이고."

"이참에 팬 서비스, 아니 재능 기부 좀 하라는 거지."

"전혀 와닿지가 않는데?"

"우선 계획부터 세워보자. 네가 싫다고 하는 건 안 시킬 테니까 나 한 번만 믿어줘, 로운아."

"방금 한 말 꼭 지켜라."

로운은 어쩔 수 없이 속는 셈 치고 어슬렁어슬렁 별관 건물로 들어갔다.

*

로운은 하교하는 학생들에게 일일이 홍보 전단을 나눠 주었다. 꼭 이렇게까지 해야 하나 싶었지만 하루빨리 의뢰 인을 모으기 위해서는 도리가 없었다. 그러던 어느 날, 예상 치 못한 일이 벌어졌다. 로운을 보려고 몰려든 여학생들로 인해 1학년 3반의 앞뒷문과 복도까지 발 디딜 틈이 없었다.

도하는 책상 위에 엎드려 웅얼거렸다.

"하, 이런 걸 노린 게 아니었는데……. 망했다."

솔직히 짜증 났지만, 로운을 홍보 대사로 내세운 장본인 이니 티를 낼 수도 없는 노릇이었다. 뭐, 그래도 소득이 아 예 없는 건 아니었다.

동아리 이름을 '나이트메어 플레이어'로 바꾼 뒤 입소문을 타기 시작했고, '여러분의 악몽을 대신 꾸어드립니다'라는 단도직입적인 캐치프레이즈에 혹해 부실로 찾아오는 이들도 있었다. 물론 그중에서도 동아리보다는 로운에게 관심을 보이는 여학생들이 절반 이상이었지만. 그 외의 방문자들도 밤에 잠을 도통 못 잔다, 엄마 잔소리 때문에 돌아버리겠다는 정도의 하소연만 늘어놓을 뿐이었다.

우주가 도하의 어깨에 가만히 손을 올려놓고 타이르듯 말했다.

"덕분에 홍보는 확실히 됐으니까 걱정 마. 조만간 진짜 의뢰인이 나타날 거야."

상냥한 말투에 마음이 몽글해진 도하는 느릿하게 몸을 일으켰다. 곁눈질로 바라본 우주의 손가락이 오늘따라 신경 쓰였다.

선천적 고통 불감증을 앓고 있는 우주는 어릴 때 오른쪽 네 번째 손가락이 잘리는 사고를 당했다. 그 때문에 친구들 놀림에 시달려 바지 주머니에 손을 넣고 다니는 버릇이 생겼다.

"로운이 팬클럽 중에 진짜 의뢰인이 있으면 좋겠다. 이래서 언제 천 명을 다 채워⋯⋯. 근데 얘는 어디로 튀었어?"

앞자리에 앉아 있어야 할 로운이 보이지 않았다.

"난 안 겪어봐서 잘 모르겠지만, 하루 종일 사람들이 따라다니면서 말 걸고 사진 찍고 그러면 엄청 피곤할 것 같긴 해."

"잘생겨도 문제구나."

"우린 다행이다, 그렇지?"

"우리가 뭐 어때서? 이로운이 심하게 잘난 거지……."

큰소리칠 땐 언제고 흐지부지하게 말을 끝내버린 도하였다.

*

부원이라고는 고작 세 명뿐인 동아리의 부실은 여느 날과 마찬가지로 한산하기만 했다. 도하는 게임을 하느라 핸드폰 화면에서 눈을 떼지 않은 채 건성으로 물었다.

"야, 이로운! 점심때 어디 갔었어?"

로운 역시 핸드폰을 만지작거리며 퉁명스레 답했다.

"누구 때문에 골이 지끈거려서 양호실에서 요양하고 있었다, 왜?"

한마디씩 주고받은 두 사람은 이후로 더 이상 말을 섞지 않았다. 우주는 두 사람의 눈치를 살피느라 가시방석에 앉은 기분이었다. 무슨 수로 화제를 돌려야 하나, 머리를 굴리던 그때였다.

똑똑.

정적을 깨는 소리가 들려왔다. '용무 외 출입금지'라는 경고문을 써 붙이고 난 후부턴 한동안 잠잠했었다. 놀란 세 사람은 서로를 멀뚱멀뚱 쳐다만 보았다.

"저기, 용건이 있는데……."

동그란 안경을 쓴 남학생이 조금 열린 문 앞에서 기웃거렸다. 교복 상의에 달린 명찰이 노란색인 걸 보니 같은 학년이었다. 이를 제일 먼저 알아본 로운은 귀찮다는 듯 눈을 내리깔았다.

"들어올 거면 들어오고 안 들어올 거면 문 닫고 나……."

"어, 어서 와! 얘는 신경 쓰지 말고 편한 자리 아무 데나 앉아."

우주는 황급히 로운의 입을 막아버리고선 억지웃음을 지어 보였다.

"으응……."

"1학년이지? 몇 반이야? 이름은?"

"4반, 윤재영."

재영은 주눅이 들었는지 기어들어가는 목소리로 대답

했다.

"바로 옆 반이었구나. 나는 우주야, 나우주."

"어, 반가워."

"인사는 했으니까, 무슨 고민이 있어서 온 건지 말해봐."

우주는 의자를 바짝 끌어당겨 앉고선 돌아올 대답을 기다렸다. 이번만큼은 '진짜' 의뢰인이길 간절히 기대하면서.

"그게…… 나 말고 같은 반 친구 얘기야. 그래도 괜찮아?"

"친구? 그런 거라면 본인이……."

"입학식 이후로 학교에 나온 적이 없어. 많이 아파서 병원 다니거든."

"그랬구나. 어디가 아픈데?"

"심하게 다쳐서, 화상을 크게 입어서……. 그래서 내가 대신……."

얼버무리던 재영은 말릴 겨를도 없이 울음을 터뜨리고 말았다.

## 끝나지 않는 생일 파티

하도 서럽게 우는 탓에 누구도 쉽사리 말을 꺼내기가 어려웠다. 어떤 상황인지도 모르는 터라 어쭙잖은 위로를 건네기도 어려웠다. 다행히 마음을 추스른 재영이 서둘러 눈물을 닦고선 턱을 치켜들었다.

"아, 미안. 어디까지 얘기했지?"

"물어보기 좀 조심스럽긴 한데…… 화상을 크게 입었다고 했잖아. 어느 정도인 거야?"

"아줌마가 그러는데, 얼굴 포함해서 전신에 3도 화상을 입었대."

"아줌마?"

"지후 엄마랑 우리 엄마랑 옛날부터 친하거든."

"화상은 어쩌다가?"

"자세한 건 나도 몰라. 지후가 아직 많이 아파서 그런지 말하고 싶지 않은 건지, 도통 얘길 안 해주거든. 아, 그날 불이 크게 났었나 봐. 너희도 알지? 관광호텔 폐건물에 불났던 거. 소방차까지 출동할 정도였는데, 화재 현장에서 폭죽이 여러 개 발견됐대. 내가 아는 건 여기까지야."

방관하듯 팔짱을 끼고 있던 로운이 은근슬쩍 대화에 끼어들었다.

"사고 당일에 지후가 누구랑 있었는지 알아? 폭죽놀이를 혼자 하는 경우는 흔치 않잖아."

재영은 힘없이 도리질만 했다.

"그것까지는 나도 잘……."

"뭐, 하여튼 여기까지 찾아온 걸 보면 지후의 악몽과 관련이 있을 것 같은데."

"그날 이후로 악몽을 꾸는 건 확실해. 무슨 꿈인지는 몰라도 자다가 살려달라고 고함지르고 막상 깨어나면 실어증 걸린 사람처럼 한마디도 안 해서 아줌마가 걱정이 많으셔."

"트라우마가 심한가 보네."

사람이 겪을 수 있는 가장 끔찍한 고통이 불에 타는 고통이라 하지 않던가. 하다못해 뜨거운 물에 살짝만 데어도 야단법석인데, 지후가 경험했을 고통은 감히 상상조차 할 수 없었다.

"우리 여기서 이럴 게 아니라 지후네 집에 한번 가보자. 어머님이라도 만나서 얘기해보면 어떤 식으로든 실마리가 풀리지 않을까?"

도하의 제안에 아이들은 고개를 끄덕이며 자리에서 일어났다.

*

초인종을 누른 지 얼마 지나지 않아, 칠이 벗겨진 철문이 덜커덩 열렸다.

"어, 재영이 왔니?"

"아줌마, 안녕하세요. 오늘은 친구들이랑 같이 왔어요."

"우리 지후 친구⋯⋯들이라고?"

반가워하는 것 같기도 불안해하는 것 같기도 한 미묘한 표정이었다.

"괜찮아요, 아줌마. 나쁜 애들 아니에요. 지후 걱정된다고 해서 제가 데려온 거예요."

"그래, 일단 들어오렴."

"실례하겠습니다."

도하 일행은 꾸벅 인사를 하고선 현관에 가지런히 신발을 벗어두었다. 거실로 들어서려는데, 지후 엄마가 어질러진 물건을 급히 정리하기 시작했다. 커다란 종이 박스에는 하얀 곰 인형들이 수북이 들어 있었다.

"집에 인형이 많네요?"

우주가 또 쓸데없는 질문을 해맑게 하고 말았다. 악의가 없다는 건 알았지만 아찔해진 로운과 도하는 헛기침으로 신호를 보냈다.

"우리 지후 때문에 직장 다닐 형편이 못 되거든. 부업이라도 할까 싶어서……. 재영아, 친구들 데려오기 전에 미리 전화라도 해주지 그랬어."

지후 엄마는 민망한 기색으로 금방 치운다며 허둥거렸다. 재영이 손사래를 치며 말을 돌렸다.

"아줌마, 저희는 신경 쓰지 않으셔도 돼요. 지후는요?"

"방에서 자고 있을 거야. 오늘 아침에 병원 다녀왔거든. 그러고 있지들 말고 어서 앉아."

대충 자리를 마련한 지후 엄마의 얼굴에 옅은 미소가 번졌다. 아이들은 그 흔한 소파도 탁자도 없는 자그마한 거실 바닥에 옹기종기 둘러앉아 조심스레 질문을 꺼냈다.

"지후 상태는 어때요? 학교에 계속 안 나와서 선생님도 걱정하세요."

도하가 제법 어른스러운 말투로 묻자 지후 엄마가 대답했다.

"화상 치료가 워낙 힘들어서……. 회복도 더디고. 그나마 지후가 잘 버텨주고 있어서 고마울 뿐이지. 선생님 뵈러 학교도 가봐야 하는데 말처럼 쉽지 않네. 대신 안부 좀 잘 전해주렴, 애들아."

파스를 붙인 손목을 매만지는 지후 엄마의 눈 아래로 짙은 그림자가 드리워졌다. 수척한 그녀의 얼굴에 고단한 일상이 엿보였다. 모두가 숙연해진 가운데, 로운이 다시 이야기를 이어나갔다.

"지후가 어쩌다가 다친 건지 여쭤봐도 될까요?"

"우리 지후 생일이었어. 매년 집에서 나랑 같이 보냈는데, 그날따라 친구들이랑 약속이 있다며 나가더라고. 생일파티를 해준다고 했대. 그런 끔찍한 일이 벌어질 줄 알았다면 절대 내보내지 않았을 텐데……."

"저, 말씀 중에 죄송한데요. 그 친구들 말이에요. 저희 학교 학생들인가요?"

"아니, 피시방에서 게임 하다가 친해진 친구들 같아. 이

동네로 이사 온 지도 얼마 안 됐고, 갓 입학했을 당시라 학교엔 재영이 말고는 아는 애가 없었거든."

지후 엄마는 깊게 한숨을 짓고는 화재 사건과 관련된 내용을 들려주었다. 떠올리고 싶지 않은 과거를 회상하는 그녀의 눈동자가 마치 끝없는 어둠 속을 걸어가는 사람처럼 캄캄해 보였다.

"다, 내가 힘없고 못난 탓이지……."

대략적인 정황을 알게 된 아이들은 경악을 금치 못했다. 지후의 처지도 안타깝기 이를 데 없었지만, 피시방에서 만난 친구들이 그런 악행을 저지르고도 집행유예를 받았다는 사실이 도무지 믿기지 않았기 때문이다. 재판부는 "친구들과 장난치다가 일어난 불행한 사고"라고 결론을 내렸다. 또한 모두 미성년자인 데다, 가해자들과 합의를 했다는 이유로 사건이 유야무야 마무리된 것이다. 그들의 죄명은 중과실치상이었다.

말도 안 되는 처사라고 생각한 로운은 목에 핏대를 세우며 말했다.

"중과실치상이라니요? 그건 살인미수잖아요! 왜 합의해주신 거예요?"

"합의를 해도 집행유예, 안 해도 집행유예래. 무엇보다 감당이 안 되더라. 피부이식수술에 레이저치료까지 몇천만 원이라……. 지후한테 정말 미안하지만 치료비라도 받으려면 선택의 여지가 없었어."

지후 엄마의 어깨가 스르륵 내려앉는가 싶더니, 바람 빠진 풍선처럼 몸집이 점점 작아져갔다. 지켜보던 아이들도 자물쇠를 채운 듯 모두 입을 꾹 다물고 있었다. 그러던 중 도하가 적막을 깨고 말문을 열었다.

"지후 좀 잠깐 볼 수 있을까요?"

"아직 자고 있을 텐데……."

"들어가서 지후만 살짝 보고 나올게요."

지후 엄마는 처연한 눈길로 작은 방을 가리켰다.

"너희한테도 면목이 없구나. 지후 방은 저기야."

\*

지후의 집을 나선 세 사람은 발걸음이 쉬이 떨어지지 않았다. 좀 전에 보았던 지후의 발등이 계속 마음에 걸렸던 까닭이다. 온몸 이곳저곳에서 떼어낸 피부 조각으로 덧댄 발등을 떠올리는 것만으로도 마음이 절로 무거워졌다. 얼마나 아팠을까. 얼마나 무섭고 서글펐을까.

두 눈을 부릅뜬 도하는 결기를 앞세우며 말했다.

"정말 개자식들이네……. 꿈에서 만나면 가만 안 둔다."

꿈속에서라면 얼마든지 가능한 이야기였지만 로운은 사뭇 다른 반응을 보였다.

"자신만만해하기엔 이른 것 같아. 다른 사람 악몽에 들어가는 건 처음이잖아. 무슨 일이 벌어질 줄 알고."

우주도 근심스러운 얼굴로 맞장구쳤다.

"맞는 말이야. 부딪쳐보기 전까지는 아무도 모르니까."

"시작부터 맥 빠지게……. 그건 그렇고, 지후 물건은 챙겼지?"

도하가 말머리를 돌리자, 나머지 두 사람은 머리를 끄덕였다. 누군가의 악몽으로 들어가려면 그 사람의 물건이 꼭 필요하다는 잡화점 할머니의 당부를 다들 또렷이 기억하고 있었다.

"이따 열두 시에 꿈에서 보자."

"그래."

"잘 가."

짤막한 인사를 나눈 세 사람은 곧 뿔뿔이 흩어졌다.

*

    시간은 어느덧 자정이 되었다. 약속한 시간이 되자 세 사람은 각기 준비한 지후의 물건을 베개 옆에 두고 침대에 정자세로 누워 눈을 감았다. 째깍째깍. 벽시계의 초침 소리만 방 안에 울려 퍼졌다. 그 소리에 집중하며 숫자를 10부터 1까지 거꾸로 세어보았다.

    '열, 아홉, 여덟…… 셋, 둘, 하나.'

    마지막 숫자를 세자마자 동시에 꿈속에 모습을 드러낸 세 사람은 낯선 환경에 긴장한 듯 두리번거렸다. 허허벌판에 덩그러니 서 있는 폐건물이 시야에 들어왔다. '이곳이 그 사건이 있었던 장소인가?' 하고 생각하던 그때, 캄캄한 배경에 전광판이 환하게 떠올랐다. 모두 반사적으로 화면을 주시했다.

**아이템이 없습니다.**

    로운은 황당해하며 코웃음을 쳤다.

    "뭐야, 게임도 아니고."

    남의 악몽을 대신 꾼다는 게 어떤 의미인지 그때까지도

감이 잡히지 않았다. 그래도 이건 예상을 벗어나도 한참 벗어나 있었다. 더군다나 아이템이 없다니. 뭔지는 몰라도 단단히 꼬인 기분이었다.

"첫 번째 의뢰인의 악몽이라서 레벨 1인가 봐."

우주 역시 입술만 물어뜯고 있었다. 하지만 도하는 오히려 이 상황을 흥미롭게 받아들이는 듯했다.

"얘들아, 아이템부터 찾으러 가자!"

도하는 다른 건 몰라도 게임이라면 누구보다 자신 있었다. 어릴 때부터 집 안에 틀어박혀 게임에만 몰두한 덕분이다. 그동안 잠도 안 자고 게임만 한 보람이 있구나, 하고 도하는 자화자찬하며 어깨를 으쓱거렸다.

그렇게 한참을 돌아다니다가 로운이 뭔가 잘못됐다는 표정으로 말했다.

"여기 좀 전에도 지나갔……. 정도하, 뭘 알고 가는 거야? 내 생각엔 계속 같은 곳만 돌고 있는 거 같은데."

"야, 너 게임 한 번도 안 해봤어? 원래 처음엔 이리저리 돌아다녀야 뭐라도 건지는 거야."

"너야말로 이게 진짜 게임인 줄 착각하는 모양인데, 우린 지후 악몽 속에 들어와 있는 거라고. 게임이랑 똑같을 리가 없잖아. 헷갈리지 않게 지나간 길에 표시해두는 게 좋겠어.”

“무슨 수로?”

“글쎄다. 지금 가지고 있는 게…… 어?”

무심코 바지 주머니에 손을 넣은 로운은 딱딱한 물체가 손끝에 닿아 당황했다. 주머니에 있던 것은 다름 아닌 형광펜이었다.

“그거 지후 거 아니야?”

“맞는데, 이게 왜 여기서 나오지?”

로운은 지후 방에서 가지고 나온 형광펜을 잠들기 전 제 머리맡에 두었다. 이해할 수 없는 현상에 로운의 고개가 한쪽으로 기울어지던 그때, 또다시 공중에 화면이 띄워졌다.

**아이템을 획득했습니다.**

“이게 아이템이라고?”

처음으로 획득한 아이템이 고작 형광펜이라니. 이걸로 대체 뭘 할 수 있단 말인가. 뚜껑을 열면 광선 검으로 변신이라도 하는 건가. 이죽거리며 펜의 뚜껑을 열어본 로운의 눈이 커졌다.

“아, 표식.”

반신반의하는 얼굴로 벽에 × 자를 그려보았더니 딱 그 부분만 야광 스티커처럼 빛이 났다. 소 뒷걸음질 치다 얻어걸린 격이었으나, 어쨌든 길을 찾는 방법을 터득하게 된 로운은 일말의 안도감을 느꼈다.

"어라, 나도 있네."

도하의 주머니에서도 지후의 물건이 나왔다.

"형광펜은 그렇다 쳐도, 내 건 선글라스야. 가뜩이나 깜깜해서 안 보이는데……."

**아이템을 획득했습니다.**

다시금 나타난 전광판을 의아하게 쳐다보던 도하는 별 기대 없이 선글라스를 껴보았다.

"대박, 건물 전체가 다 보여. 설계 도면처럼."

얼떨떨하기만 한 도하는 제자리에서 빙글빙글 돌며 건물 내부를 살펴보았다. 겉모양은 선글라스인데, 투시경 기능을 탑재한 안경이었다.

"그럼 이건 무슨 용도지?"

우주의 주머니 안에는 지후의 열쇠고리가 들어 있었는데, 그다지 쓸모 있어 보이지 않았다. 왜 나만 이런 걸 가져온 거냐며 실망하던 우주는 열쇠고리를 손가락에 끼고 휭 휭 돌렸다. 그러자 새로운 전광판이 떠오르는가 싶더니, 세 사람의 눈앞에 각개의 창이 나타났다.

**유저와의 링크가 완료되었습니다.**

화면에는 마치 게임처럼 개인 아이템, 현 위치가 표시된 지도 그리고 본인의 체력이 표기되어 있었다. 우주의 열쇠 고리는 꿈속에 있는 사람들의 모든 걸 공유하는 핵심 아이템인 듯했다. 뜻밖의 수확에 세 사람의 입에서 감탄사가 흘러나왔다. 지후 방에서 집히는 대로 가져온 물건들이 이런 식으로 활용될 줄 아무도 예상하지 못했다.

"와, 진짜 생각도 못 했어."

"실제 게임보다 몇 배는 더 흥미진진하네."

"기본 사양은 갖춘 거 같으니까 본격적으로 가볼까?"

세 사람의 심장박동이 성큼성큼 내딛는 발소리에 맞춰 조금씩 빨라졌다.

　폐건물이라 을씨년스러운 분위기만큼은 어쩔 수 없었지만 1층은 관광호텔답게 제법 그럴싸한 인테리어를 갖추고 있었다. 로비와 프런트, 스태프 룸, 레스토랑과 커피숍, 공용 화장실까지 완비된 것으로 보아 1층 공사가 마무리되었을 시기에 부도가 난 것 같았다.

　"흉가 체험이 따로 없네."

　"귀신 튀어나올지도 몰라."

　"뭐래."

　시답지 않은 잡담을 나누며 올라간 2층에는 문짝조차 없는 공실이 어두컴컴한 복도를 따라 이어졌다. 복도 끝에 이르렀을 즈음엔 콘크리트 기둥 몇 개가 전부인 휑한 공간이 나타났다. 규모로 미루어 세미나 룸이나 연회장으로 쓰일 법한 장소였다. 역할에 충실한 로운은 기둥마다 잊지 않고 표식을 남겼다. 그사이에 무언가를 발견한 도하가 고조된 목소리로 외쳤다.

　"저기 좀 봐!"

　두 사람은 도하가 손짓한 방향으로 고개를 돌려보았지만 딱히 눈에 띄는 게 없어서 멀뚱멀뚱 서 있었다.

"저게 안 보인다고? 사람 참 귀찮게 하네."

**새로운 아이템이 추가되었습니다.**

성큼성큼 걸어가 바닥에 놓인 상자를 번쩍 들고 전광판을 확인한 도하가 성마른 손길로 상자를 열어보았다.

"아, 뭐야. 난 왜 이런 것만 걸려? 선글라스에, 안경에……."

도하는 탐탁지 않았지만 일단 한번 착용해보았다. 언젠가는 쓸 일이 있을 거라고 생각하는 찰나, 시큰둥하던 그의 표정이 백팔십도 뒤바뀌었다.

"헐, 미쳤다."

"왜, 이번엔 뭔데?"

우주가 묻자 도하는 주저 없이 대꾸했다.

"너희 체온이 보여."

"무슨 뜻이야, 체온이라니?"

"열화상 카메라 기능이 장착된 안경인가 봐."

**유저 1의 패시브 스킬이 생성되었습니다.**

화면에 적힌 메시지를 읽고 나서야 두 사람은 도하의 말뜻을 이해할 수 있었다.

"나도 하나 찾은 듯."

"아, 저건 내 건가 보다."

로운과 우주도 서둘러 상자를 열어보았다. 로운은 카드 키를, 우주는 스톱워치를 얻었다. 그와 동시에 유저 2, 3에게도 패시브 스킬이 부여되었다는 알림이 떴다. 획득한 아이템들이 화면 속으로 사라지던 그때, 어디선가 소름 끼치게 기분 나쁜 웃음소리가 들려오기 시작했다.

"히히히히히!"

2층 홀엔 세 사람 말고는 아무도 없었다. 섬뜩한 웃음소리는 가까워졌다가 멀어지기를 반복하며 텅 빈 공간에 끊임없이 울려 퍼졌다. 근처에 누군가 있는 건 분명한데, 모습은 보이지 않고 웃음소리만 들렸다.

"킥킥킥킥!"

"큭큭큭큭!"

게다가 미상의 존재는 한둘이 아닌 것 같았다. 어찌나 약이 오르는지, 당장에라도 놈들의 멱살을 틀어잡고 싶은 심정이었으나, 대상이 보이지를 않으니 손쓸 도리조차 없었다.

"하하하하하!"

그 와중에도 웃음소리는 쉴 새 없이 메아리쳤다.

"이것들이 진짜……. 비겁하게 숨어 있지 말고 좋은 말로 할 때 나와!"

참다못한 도하가 버럭 고함을 내지르자 쩌렁쩌렁한 목소리가 공허한 실내를 가득 메웠다. 기세에 눌린 걸까. 그칠 것 같지 않던 웃음소리가 뚝 그치고 서늘한 고요가 엄습했다. 폭풍 전야의 정적이 감도는 사이, 세 사람은 주먹을 바르쥐고 경계 태세를 갖추었다. 언제 어떤 일이 터질지 모른다고 생각하니 온몸의 털이 곤두서는 것만 같았다.

돌연 허공을 찢는 바람 소리가 나고 곧이어 우주가 신음과 함께 바닥에 고꾸라졌다. 불시에 공격을 받고 쓰러진 우주를 본 두 사람의 동공이 격하게 흔들렸다.

"뭐, 뭐야? 나우주, 괜찮아?"

도하는 잽싸게 다가가 우주를 일으켜 세웠다.

"괜찮아, 조금 놀라긴 했는데 아프진 않아."

덤덤한 우주의 대답에도 도하와 로운의 얼굴에는 수심이 가득했다. 한번 시작된 공격이 이렇듯 싱겁게 끝날 리 만무했다. 보이지 않는 적들과 싸우려면 특단의 비책이 절실했다.

순간 뭔가 떠오른 도하가 허겁지겁 화면에 손을 가져다

댔다. 드디어 이걸 써먹을 순간이 왔구나, 하면서. 보관함을 터치하자 두 개의 창이 나타났다. 조금의 망설임도 없이 안경을 선택한 도하는 득의에 찬 미소를 머금었다.

"오호, 거기들 모여 있었구나? 3 대 3이라. 짝도 딱 맞네."

열화상 안경을 쓰자 치사하게 숨어서 비웃는 투명 인간들의 위치가 포착되었다. 생김새까지 분별하는 건 무리였으나, 그들의 움직임을 파악하기에는 충분했다.

도하는 믿음직스러운 투로 말했다.

"얘들아, 지금부터 내 말에만 집중해. 알았지?"

고개를 끄덕인 두 사람은 예민하게 사주를 경계했다.

"이로운, 다섯 시 방향."

말이 떨어지기가 무섭게 로운이 주먹을 크게 내둘렀다. 비록 눈에 보이지는 않았지만, 묵직한 타격감은 확연히 느껴졌다.

"우주야, 열두 시."

우주도 동물적인 감각으로 펀치를 날렸다. 허를 찔린 적들은 이내 우왕좌왕하기에 이르렀다. 이때다 싶은 세 사람은 도하 지휘하에 일사불란하게 역공을 퍼부었다.

"정도하, 잠깐만 나 대신 백업 좀 맡아줘."

로운은 급히 화면을 띄워 보관함에서 형광펜을 꺼냈다.

"이 상황에 형광펜은 왜…… 로운아 뒤에!"

로운은 뒤돌면서 형광펜을 사선으로 휘두른 다음, 날렵한 발 차기로 상대를 걸어찼다. 바닥에 나동그라진 적의 몸뚱어리가 야광도료를 발라놓은 듯 발광했다. 자신의 계획이 적중하자, 탄력받은 로운은 연이어 형광펜으로 표식을 남기며 공격과 방어를 이어나갔다.

어느새 전세는 뒤집어졌다. 열화상 안경 너머로 바라본 놈들은 비상 회의라도 하는지 한동안 붙어 선 채로 꼼짝도 하지 않았다.

"그렇게 웃어대더니 싸움엔 별로 소질이 없나 보네?"

도하는 당한 수모를 앙갚음하듯 깐죽거렸다.

"도발하지 마. 끝날 때까지 끝난 게 아니니깐."

로운은 긴장의 고삐를 늦추지 않았다. 오늘이 지후에게 악몽을 꾸는 마지막 밤이어야만 했다. 확실하게 끝장을 봐야 지후가 정신적인 고통에서 해방될 수 있을 테니 나이트메어 플레이어의 일원으로서 임무를 무사히 마치고 현실로 귀환하는 것, 그 외에는 다른 생각이 비집고 들어올 틈이 없었다.

**악몽이 30분 뒤에 종료됩니다.**

치열했던 대립이 소강상태에 머물러 있을 무렵, 카운트다운을 알리는 전광판이 나타났다.

"뭐야, 시간제한도 있는 거였어?"

일 초씩 줄어드는 숫자를 보니 조바심이 절로 났다. 망연히 전광판을 쳐다보던 우주가 입속말로 중얼거렸다.

"음, 효과가 있을까?"

"혼잣말이나 하고 있을 때가 아니야. 어떻게든 끝내야 한다고."

"나한테 스톱워치 있잖아. 혹시 그걸로 시간을 멈출 수 있지 않을까 해서."

"뭐라도 해봐, 얼른!"

도하가 안달복달하자, 우주는 보관함을 클릭하여 스톱워치를 꺼내 일시정지 버튼을 꾹 눌러보았다. 잠시 후 스크린을 확인하자 속절없이 흐르던 시간이 거짓말처럼 멈춰 있었다.

"됐다, 됐어!"

"스톱워치가 신의 한 수였네."

"다행이다……."

그렇지만 아직 안심할 단계는 아니었다. 카운트다운이 언제 재개될지는 미지수였으니까.

"근데 얘들은 어디로 사라졌어?"

다들 스톱워치에 정신 팔려 있느라 적군의 동향까지는 살피지 못했다. 좀 전까지만 해도 멀쩡해 보였던 로운이 입술을 달싹거리며 말했다.

"어쨌든 시간은 번 셈이니까 녀석들 없앨 방법이나 고민해보자. 패싸움은 소용없는 것 같거든."

우주도 이마에 난 땀을 손등으로 훔쳐내며 말을 보탰다.

"시간이 멈춰서 모든 게 정지된 거 같아, 내 생각엔."

내내 고성을 질러댄 도하는 목이 쉬어 쇳소리가 났다.

"지금 갖고 있는 아이템만으론 부족해. 돌아다니면서 더 찾아보자."

세 사람은 아직 둘러보지 않은 위층으로 향했다. 하지만 3, 4층에는 천장을 떠받치는 기둥 몇 개가 전부였고 골조만 있는 옥상은 사방이 뻥 뚫린 터라 사실상 야외나 다름없었다. 이렇다 할 수확을 얻지 못한 세 사람은 기운이 쭉 빠져버렸다.

스톱워치를 손에 꼭 쥔 우주가 떨리는 음성으로 말했다.

"시간이 없는데 어쩌지?"

로운은 냉철한 표정과 달리 나긋한 말투로 다독였다.

"급할수록 돌아가라고 하잖아. 마음만 앞서면 될 일도 안 되는 법이야."

"그래, 넘어진 김에 쉬었다 가는 거지. 일 분이라도 좋으니까 숨 좀 돌리고……."

털썩 주저앉은 도하는 뻣뻣해진 목을 뒤로 젖혔다. 까만 하늘에는 무수한 별들이 송송히 떠 있었다. 옆자리에 엉덩이를 붙이고 앉은 두 사람도 깊은 밤 하늘에 가득한 별들을 감상했다. 형형한 별빛을 바라보고 있으려니 야생마처럼 날뛰던 가슴이 약간이나마 진정되는 듯했다. 그러던 중, 도하가 뜬금없이 한 지점을 향해 손가락을 뻗으며 말했다.

"야, 저런 별자리 본 적 있냐? 별들이 일렬로 떠 있는…… 게 아니라, 이제 보니 기역 자네? 신기하다."

"별 구경 다 했으면 그만 가자."

도하의 말을 한 귀로 흘려들은 로운은 무심하게 자리를 털고 일어났다. 그러나 도하는 뭔가를 발견한 듯 "잠깐만"이라고 외치더니 옥상 끝으로 급박히 뛰어갔다. 화살표를 연상시키는 기역 자 별자리가 끝끝내 마음에 걸렸던 탓이다. 바닥에 놓인 족자를 발견한 도하가 손을 높이 흔들어 보았다.

"내가 이럴 줄 알았다니까? 빨리 와봐!"

로운과 우주는 그제야 관심을 드러내며 종종걸음으로 다가갔다.

"뭐지, 비밀문서 같은 건가."

"집문서일 리는 없잖아?"

"궁금하니까 빨리 풀어봐."

"꽁꽁도 묶어놨네."

엉켜 있던 가죽끈을 풀자 둘둘 말려 있던 족자가 차르륵 소리 내며 길게 펼쳐졌다. 모두가 숨죽이고 들여다본 양피지에는 세 개의 키워드가 적혀 있었다. 영어로 씌어 있을 줄은 미처 예상하지 못했지만.

#individual #rest #limit

적잖이 당황한 도하는 0.1초 만에 단념해버리고 로운에게 책임을 떠넘겼다.

"이로운, 믿을 사람은 너뿐이다."

"단어를 조합해보자. 개인이 쉴 수 있으면서도 제한된 장소를 말하는 거 같아."

"에이, 난 또 뭐라고. 객실이잖아. 여긴 호텔이고."

도하는 호언장담했지만 우주는 동의할 수 없다는 듯 고개를 저었다.

"1층에 있는 공용 화장실이 더 가능성 높지 않을까? 첫 번째 단어는 그냥 개인뿐 아니라, 집단 일원으로서 개인을 뜻하기도 하니까. 로운아, 네 생각은 어때?"

"흠, 합리적인 추론이네. 화장실이 영어로 'rest room(레스트 룸)'이기도 하고. 일단 다시 로비로 가보자."

*

1층에 도착한 세 사람은 남녀 화장실의 모든 칸을 샅샅이 확인해보았지만 헛수고였다.

"여기가 확실하다며?"

"흠, 또 어디가 있을까."

도하가 사심을 듬뿍 담아 빈정거렸지만 로운에게는 씨알도 먹히지 않았다. 로운의 반응에 오기가 발동한 도하는 골똘히 궁리했다. 그러다 한 장소가 떠올랐다.

"개인적이고 쉴 수 있고 제한된 공간. 객실이랑 공용 화장실 빼면 한 군데밖에 없지 않아?"

"어딘데?"

"스태프 룸."

도하의 대답에 로운의 짙은 눈썹이 움찔거렸다.

"어, 맞는 거 같아!"

우주는 손뼉까지 짝짝 치며 이미 정답이라고 단정 내려 버린 모양새였다.

"아니면 어쩔 수 없고."

말은 그렇게 했어도 솟아오른 도하의 어깨는 좀처럼 내려올 줄 몰랐다.

몇 분 뒤, 세 사람은 결연한 표정으로 문에 부착된 'staff only(스태프 온리)'라는 팻말을 응시했다.

"진짜 여기가 마지막이다, 이제."

자신만만하게 손잡이를 잡아당긴 로운의 눈동자가 일순 흔들렸다.

"자, 잠겨 있는데?"

덜컥거리는 소리가 나도록 손잡이를 돌려보았지만 문은 열리지 않았다. 긴가민가하며 안쪽, 옆쪽으로 밀어봐도 소용없는 짓이었다. 이 문만 잠겨 있는 걸 보면 이 안에 아이템이 있는 게 틀림없는데 들어갈 방법이 없으니 속만 지글지글 타들어갔다. 그러던 중, 세 사람이 이구동성으로 외쳤다.

"카드 키!"

하지만 환희를 만끽하기도 전에 세 사람은 실의에 빠지고 말았다. 눈을 씻고 봐도 문과 벽 그 어디에도 도어록 따위의 장치가 없었기 때문이다.

"이 문을 여는 열쇠는 따로 있나 봐. 어쩌지?"

우주가 시무룩해하는 사이, 로운은 화면에 띄워진 보관함에서 아이템을 꺼냈다. 아무도 기대하지 않는 분위기였지만 로운은 덤덤하게 손잡이 부근에 카드 키를 가져다 댔다. 로운은 할까 말까 망설여지면 무조건 해보라던 엄마를 떠올렸다. 그때 문가에서 소리가 났다. 설마 하며 손잡이를 잡아당기자 서서히 문이 열렸다. 로운은 그저 얼떨떨하기만 했다.

"이번엔 꽝이 아니었네……."

"와, 열렸다."

"이게 된다고?"

우주와 도하는 활짝 열린 문 사이로 들어갔다. 요연하게 서 있던 로운도 곧 정신을 가다듬고 합류했다. 스태프 룸에 들어가니 양쪽 벽면엔 붙박이 사물함이, 중앙에는 등받이 없는 기다란 벤치가 놓여 있었다. 비좁은 공간이었음에도 세 사람은 아랑곳없이 사물함을 열어젖히는 일에 몰두했다. 그러다가 우주가 호들갑스럽게 소리쳤다.

"이거다, 이거! 내가 찾았어!"

"뭐야, 얼마나 대단한 건가 했더니만."

격한 반응에 비해 우주가 들고 있는 상자는 아담하기 짝이 없었다. 어쩔 수 없다고 체념하며 뚜껑을 열어보려는데, 손바닥보다 작던 상자가 순식간에 벤치와 맞먹는 크기로 변했다. 놀라운 광경에 세 사람의 입이 떡 벌어졌다.

"방심할 틈을 안 주는구나. 내가 할게."

여전히 어안이 벙벙했지만, 도하는 즉각 상자를 열었다. 그 속엔 지금까지 획득한 것과는 전혀 다른 성질의 아이템이 들어차 있었다.

*

한달음에 2층으로 뛰어 올라간 세 사람은 마음의 준비가 됐다는 듯 눈빛을 교환했다.

"우주야, 스톱워치 작동해."

"알았어."

우주가 일시정지 버튼을 꾹 눌렀다 떼자 전광판이 나타나며 카운트다운이 재개되었다. 정지 상태에서 벗어나자마자 적들은 기다렸다는 듯이 한꺼번에 달려들었다. 독기가 바짝 올랐는지 더욱 과격해진 양상이었다. 로운이 남겨 둔 형광 표식도, 도하의 열화상 안경도 무용지물이 됐을 정도. 세 사람은 정신없이 쏟아지는 공격을 피하는 것만으로 벅찰 지경이었다. 점점 호흡이 가빠지고 맥박이 빠르게 뛰었다. 열세에 몰린 세 사람은 스태프 룸에서 획득한 아이템을 서둘러 꺼내 들었다. 이제 남은 시간이 별로 없었다.

"너희랑 놀아주는 건 여기까지야."

도하가 대형 랜턴의 스위치를 켠 채 바닥에 내려놓으니 어둠으로 가득했던 내부가 대낮처럼 밝아졌다. 최후의 순간까지 정체를 들키고 싶지 않았을 놈들의 정체도 여실히 드러났다.

"으으!"

"앞이 안 보여!"

놈들은 눈앞에 덮쳐 온 강렬한 빛 때문에 고통스러워하며 비틀거렸다. 지금이야말로 놈들과 결판낼 수 있는 절호의 기회였다. 우주는 그들의 발밑으로 주먹만 한 파라핀 왁스를 신속하게 내던졌다.

"로운아!"

우주가 외치자 로운이 입꼬리를 올리며 비장의 무기인

기관총 모양의 화염방사기 방아쇠를 당겼다. 거센 불길이 미사일 같은 위력으로 뻗어나갔다. 파라핀 왁스에 인화된 화염은 삽시간에 그들의 다리를 타고 온몸에 옮겨붙었다.

이로써 다 끝났다고 한시름 놓던 그때, 고통으로 몸부림 치던 적들이 팔다리를 허우적거리며 세 사람에게 다가왔다. 귀가 찢어질 듯 비명을 내지르며 막무가내로 덤벼들자 세 사람은 생각할 겨를도 없이 계단을 향해 전력 질주했다.

"시간 없어, 서둘러!"

숨을 헐떡이며 달음질치는 동안 불길에 휩싸인 놈들도 죽기로 뒤쫓아왔다. 안 되겠다 싶은 로운이 두 사람을 먼저 보내고는 계단 중턱 선 채로 화염방사기를 길게 쏘아댔다.

"으악!"

녀석들이 절규하는 틈을 타 로운은 뒤돌아보지도 않고 온 힘을 다해 계단을 뛰어올랐다. 우여곡절 끝에 5층에서 재회한 세 사람은 너 나 할 것 없이 어깻숨을 몰아쉬었다.

**1분 뒤에 악몽이 종료됩니다.**

마지막 경고를 알리는 전광판이 나타나는 동시에 포기를 모르는 놈들도 기어코 다시 등장했다. 살은 다 녹아버리고 뼈만 남은 해골 좀비 같은 몰골이었다.

"진절머리 나네, 정말. 로운아, 마무리하자."

도하는 점점 줄어드는 시간을 확인하느라 전광판에서 한시도 눈을 떼지 못했다.

"나도 제발 좀 끝내고 싶다고."

로운은 어금니를 꽉 깨문 채로 방아쇠를 당겼다. 하지만 철컥 소리만 날 뿐 화염방사기는 작동되지 않았다. 얼굴이 하얗게 질린 로운이 허둥지둥하던 그 순간, 활활 타오르는 해골 좀비들이 무시무시한 기세로 달려들었다. 더는 물러설 곳이 없었다.

"얘들아, 삼십 초 전이야. 이제 어떡해?"

"한 놈씩 맡아서 뛰어내리자! 그 방법뿐이야!"

진퇴양난의 기로에서 달리 선택지가 없던 세 사람은 악몽이 끝나기 이 초 전이 되어서야 이글거리는 불덩이들을 끌어안고 건물 아래로 몸을 내던졌다. 무서운 속도로 추락하는 세 사람의 눈동자에 폐건물이 무너지는 장면이 어렴풋한 환영처럼 비쳤다.

## 인형의 집

그로부터 며칠 후, 세 사람이 운동장 계단에 모여 앉아 후일담을 나누고 있는데 한 남학생이 저 멀리서부터 전속력으로 뛰어왔다.

"얘들아! 여기들 있었네?"

재영은 숨이 넘어갈 듯 헉헉거리면서도 뭔가를 전하려 애쓰는 모양새였다.

"또 무슨 일 있어? 왜 그렇게 급하게 뛰어와?"

우주가 불안한 눈빛으로 묻자 재영은 입가에 미소를 담뿍이 담은 채로 대답했다.

"바, 반가워서."

"누가 보면 몇 년 만에 만난 줄 알겠다. 지후는 좀 어때?"

도하와 로운도 궁금했는지 상체를 앞으로 기울였다.

"아줌마 말로는 이젠 악몽도 안 꾸고 치료도 잘 받고 있대. 아직 학교 나올 정도는 아니지만, 예전에 비하면 훨씬 좋아졌나 봐. 너희 덕분이야."

"아냐, 뭘. 그보다 지후가 하루빨리 완쾌하면 좋겠다."

"곧 그렇게 되겠지. 근데 있잖아, 지후한테 뭘 어떻게 한 거야?"

"미안, 영업 비밀이라 방법은 알려줄 수가 없어."

"그렇구나……."

"아, 참. 깜빡할 뻔했네. 재영아, 나중에 지후 만나면 대신 좀 전해줄래?"

우주는 교복 바지에서 주섬주섬 뭔가를 꺼내더니 재영에게 건네주었다.

"이게 뭔데?"

우주가 건넨 것은 자투리 천으로 만든 새끼손가락 크기의 헝겊 인형이었다.

"악몽이 끝났다는 증표."

"증표?"

"과테말라에서는 걱정 인형을 베개 아래에 넣어두면 자는 동안 걱정거리가 멀리 사라진다고 믿는대. 미신이지만 지후가 더 이상 악몽을 꾸지 않길 바라는 마음에서 한번 만들어봤어.”

“이런 것도 만들 줄 알아?”

재영이 앙증맞은 인형을 만지작거리며 신기해하자, 우주는 호주머니에서 하나를 더 꺼내 슬쩍 내밀었다.

“필요하면 너도 가져.”

“고마워, 지후한테도 잘 전해줄게. 또 보자.”

재영과 인사를 나눈 세 사람의 얼굴에 안도의 빛이 떠올랐다. 그때, 옆쪽 계단에서 두런거리는 소리가 들려왔다. 흔한 수다로 넘기기에는 평범치 않은 내용 탓에 세 사람은 어느 순간부터 조용히 귀를 기울이고 있었다.

“민애련 말이야. 아빠한테 맞아서 다시 가출했대.”

“벌써 몇 번째야? 가출하면 뭐 해, 잡혀가서 또 맞고. 다른 식구들은?”

“다른 식구라고 해봤자 새엄마뿐이니까, 친자식 아니라고 나 몰라라 하는 거겠지.”

“새엄마도 따지고 보면 공범 아니야? 그래서 지금은 어디서 지낸대?”

“지역 청소년 쉼터에 있을걸. 거기밖에 갈 데가 없으니까.”

“상황이 그런데도 결석 한 번 안 하고 학교 나오는 거 보면 신기하지 않아?”

“신기한 게 아니라, 대단한 거지. 아, 점심시간 끝났다. 들어가자.”

스피커에서 수업 종소리가 흘러나오자 두 여학생은 대화를 끊고 서둘러 자리를 떠났다. 도하가 멀어져가는 그들을 바라보며 들릴 듯 말 듯 작은 소리로 말했다.

“조만간 두 번째 의뢰인이 생길 것 같은 느낌이 오네.”

\*

쉬는 시간, 복도를 지나던 로운 곁으로 누군가 스쳐 갔다. 초점이 나간 채 터덕터덕 걸어가는 모습이 눈에 띄어 슬쩍 쳐다봤더니 노란 명찰에 ‘민애련’이라는 이름 석 자가 새겨 있었다. 우연이라고 하기에는 절묘한 타이밍이었다. 로운은 혹시라도 자기의 시선을 그녀가 눈치챌까 봐 얼른 고개 숙이고 발길을 재촉했다.

칸막이 화장실에서 볼일 보고 나서려는데, 밖에서 남학생들이 웅성거리고 있었다. 아는 이름이 거론되자 로운은 저도 모르게 멈칫했다.

“아, 민애련? 걔 말을 믿는 사람도 있냐? 어릴 때부터 유명했잖아, 입만 열면 거짓말하는 걸로. 내가 걔랑 같은 초등학교 나와서 잘 아는데 그거 다 헛소문이야."

"그럼 키워준 할아버지한테 성추행당했다는 것도 뻥이야?"

"할아버지 무혐의로 결론 났어. 동네 창피해서 이사 가시고 가족이랑 인연까지 끊었다더라. 하여튼 걔는…… 말도 마라. 애들한테 관심 받으려고 자해까지 하는 애라니까?"

실컷 흉 보던 아이들이 사라지고 나서야 로운은 문을 열고 나왔다. 혼란스러웠다. 지나치게 상반된 두 개의 진술. 어느 쪽이 진실일까? 분명한 건 누군가에게는 지독한 거짓말쟁이로, 또 누군가에게는 가엾은 피해자로 낙인찍힌 채 아이들의 입방아에 끊임없이 오르내리고 있는 것이다.

다시 교실로 돌아온 로운은 도통 수업에 집중하지 못했다. 이혼한 부모님 대신 키워준 할아버지한테 성추행당했다니. 설령 사실이더라도 보통은 쉬쉬하는 게 정상인데, 본인 스스로 학교에 소문을 퍼뜨리고 다녔다는 건 이상했다. 그리고 아빠한테 지속적으로 폭력당했다면 어째서 경찰에 신고하지 않고 가출을 선택했을까. 로운의 입장에서는 백번 곱씹어도 이해할 수 없는 심리였다.

문득 로운은 오래전 엄마와 나눴던 대화가 떠올랐다.

"엄마는 대체 무슨 생각으로 날 낳은 거야? 다른 사람도 아니고 강간범의 아이를……. 그럼 끝까지 비밀이라도 지키든가. 이제 와서 내가 강간범 아들이라고 말해주는 이유가 뭔데?"

로운은 미혼모의 자식이었다. 믿고 싶지 않은 진실과 직면하게 된 건 중학교 1학년이 되던 해였다. 막 사춘기에 접어들었을 시기라 충격은 이루 말할 수 없었고 혼자서는 도저히 감당이 되지 않았다. 몽유병이 시작된 것도 그때부터였다.

"로운아, 엄마 봐봐. 넌 누가 뭐래도 엄마 아들이야. 얼굴도 엄마랑 쏙 빼닮았잖아, 그렇지?"

머릿속에서 폭탄이 터지고 있을 즈음, 어느덧 수업 종료를 알리는 종소리가 울리고 있었다.

*

"이로운, 너 무슨 고민 있어? 수업 내내 완전 멍 때리고 있던데."

점심시간 이후로 로운의 표정이나 행동이 뭔가 달라진

것 같았다. 평소에도 표정이 그리 다양하지는 않았지만, 도하는 미세한 차이를 느낄 수 있었다.

"민애련이라는 애, 좀 거슬리는 부분이 있어서."

"그 가출했다는 여자애?"

"아까 화장실에서 들었는데, 구설이 끝도 없더라."

"아빠한테 학대당하고 있다는 거 말고 또 있어?"

도하의 질문에 로운은 자신이 들은 내용을 보태거나 빼지 않고 그대로 전해주었다. 이야기를 듣는 동안 공기 중에 정체 모를 위화감이 감돌았다. 때마침 교문을 빠져나가는 애련의 뒷모습이 보였다. 왁자지껄 떠들던 학생들도 그녀 옆을 지나갈 때만큼은 그 누구도 말을 걸면 안 된다는 불문율이라도 있는 듯 입을 닫았다.

몇몇 여학생은 동정 어린 눈길을 던지며 수군거리기도 했다. 하지만 정작 애련에게 말을 붙이거나 같이 가자고 다가오는 친구는 단 한 명도 없었다. 전교생에게 은근히 따돌림당하고 있다는 게 더 적합한 표현일지도 몰랐다.

"관심받으려고 자작극 벌인 거라면, 확실하게 실패했네."

"자작극이 아니라면?"

"이로운, 너 오늘따라 딴사람 같다? 남 일에 웬 참견?"

"그냥……."

"정 그렇게 마음에 걸리면 쉼터로 찾아가보자. 같이 가
줄게. 우주야, 너도 갈 거지?"

도하가 묻자 우주는 말없이 고개만 끄덕였다. 내색하지
않았지만, 우주 역시 마음이 불편하기는 마찬가지였다.

도하는 그 어느 때보다 진지한 얼굴로 목소리를 낮게 깔
고 말했다.

"다들 이거 하나만큼은 잊지 말자. 우리는 악몽을 지워
줄 뿐이지 남의 인생에 개입하지 않는다는 거. 의뢰받기 전
까지 함부로 나서선 안 돼. 그건 오지랖인 거 알지?"

*

세 사람은 별빛청소년쉼터라고 적힌 간판을 가만히 올
려다보았다. 일단 오기는 했는데, 다음 계획을 세우지 않은
탓에 입구에서 우물쭈물하기만 했다.

그때 막 입구로 들어서려던 여자아이가 세 사람을 위아
래로 훑어보며 말했다.

"여긴 여자 청소년 전용이라 남자는 못 들어와. 가출한
거면 다른 쉼터 알아봐."

로운은 음조 없는 목소리로 말했다.

"우린 가출한 게 아니라 누굴 좀 만나러 왔는데."

"누구?"

"민애련. 여기 있다고 들었거든."

"같은 학교?"

여자아이는 세 사람이 입은 교복의 바늘땀까지 살펴보는 듯했다. 애련과 같은 교복이라는 걸 진즉 알아차린 눈치였지만, 필요 이상으로 경계하는 태도였다.

"응, 같은 반은 아니지만."

"같은 반도 아닌데 여기까지 일부러 애련이를 보러 왔다고? 왜?"

"할 얘기가 있어서."

"학교에서는 못 할 얘긴가 보네. 뭐, 보는 눈이 많긴 하겠지. 같이 있는 거 딴 애들이 보면 너희까지 따돌림당할지도 모르고. 아무도 엮이고 싶어 하지 않잖아, 걔랑."

"민애련이랑 친해?"

"난 여기서 지낸 지 4개월째거든. 애련이도 입소, 퇴소를 반복하고 있고."

"네가 볼 땐 애련이 요즘 어떤 거 같아?"

로운의 질문에 이름도 모르는 여자아이는 주변을 쓱 살

피고는 넋두리 아닌 넋두리를 늘어놓았다.

"쉼터에 와서도 자해를 멈추지 않아. 애들이 위험한 물건을 치우긴 했는데……. 도구가 없으니까 이젠 피가 날 때까지 손톱으로 긁더라. 아무리 말려도 소용없어. 우리도 지쳤고."

"혹시 악몽 같은 것도 꾸고 그래?"

"악몽을 꾸는 건지 가위에 눌리는 건지는 몰라도 화장실 가는 길에 들여다보면 그때마다 식은땀 엄청 흘리고 끙끙 앓고 있던데."

그녀의 목격담을 들은 세 사람은 확신의 눈짓을 주고받았다.

"저기, 민애련 좀 불러줄 수 있을까? 잠깐이면 돼."

"안 만나려고 할 텐데……. 물어보기는 할게. 기다려봐."

여자아이는 잠깐 고민하는가 싶더니, 슬리퍼를 질질 끌며 건물로 들어갔다.

*

오 분쯤 지나자 애련이 운동복 차림으로 나타났다. 출입문 앞에 서 있는 세 사람과 맞닥뜨린 애련은 불안하고 초조한 기색을 숨기지 못했다.

"너희, 뭐야?"

"안심해, 널 도와주려고 온 거니까."

우주 특유의 부드러운 말투에도 애련의 눈에는 불신이 가득했다.

"그렇게 얘기하고 뒤통수치는 게 너희 같은 애들 특기잖아. 내가 한두 번 당한 줄……."

"알아, 근데 너 솔직히 네 편 하나쯤 있었으면 하잖아. 우리가 같은 편 먹어준다고."

로운의 말에 애련의 눈빛이 살짝 흔들렸다. 하지만 곧 표정을 고치고 냉담하게 대꾸했다.

"필요 없어, 남의 도움 같은 건."

"난 왜 그 말이 반대로 들리지?"

"꺼져, 알지도 못하면서……."

로운이 휙 돌아서려는 애련의 손목을 잡아챘다. 당황한 애련의 동공이 커졌다. 지켜보던 두 사람도 로운의 돌발 행동에 놀란 나머지 멈칫했다.

"뭐, 뭐 하는 짓이야?"

애련이 손을 뿌리치려 버둥거리는 사이, 로운은 그녀의 옷소매를 억지로 걷어 올렸다. 가녀린 팔 안쪽에 숱한 자해의 상흔이 남아 있었다. 심지어 손목에 난 붉은 상처는 최근에 생긴 듯 채 아물지 않은 상태였다.

"이거 놔! 놓으라고!"

애련은 악을 쓰며 거칠게 저항했다. 로운은 결연하게 말했다.

"팔은 놓겠는데, 넌 이대로 못 놔주겠다."

순간 자해 흔적으로 얼룩진 애련의 팔과 엄마의 팔이 오버랩된 까닭에 로운은 심장이 뜯겨져 나가는 듯한 고통을 느꼈다.

"뭐?"

"어째서 스스로 상처 내고 아파하는 거야? 정말로 그 방법밖에 없는 거냐고."

로운은 울음을 삼켰다. 도저히 남의 일 같지 않아서 모른 척할 수가 없었다.

"네가 뭔 상관인데?"

"도와주러 왔다는 말 못 들었어? 매일 널 괴롭히는 그 악몽, 우리가 없애줄게."

"무슨 영화 찍어? 그게 가능할 리 없……."

"가능해. 우리에겐 다른 사람의 악몽을 대신 꾸고 지워주는 능력이 있으니까. 우리 동아리 들어본 적 없어?"

"아, 초능력자들이셨구나?"

의심을 거두지 않은 애련은 보란 듯이 세 사람을 우롱했다. 결코 쉽지 않은 상대였다. 어떻게 설득하나 싶어 난처해하는데 우주가 순진무구한 얼굴로 말했다.

"밑져야 본전인데 한번 맡겨봐도 되잖아. 진짜로 악몽이 사라지는지 안 사라지는지 궁금하지 않아?"

또 우주가 해맑게 초를 치는구나 싶어 미간을 찡그리고 쳐다보는데 애련은 의외로 솔깃해하는 반응이었다.

"그래서?"

"네 얘기를 들려줘. 여기선 좀 그러니까 우리 저기 놀이터로 자리 옮길까?"

"그러든지."

애련의 말투는 한층 누그러져 있었다. 철벽처럼 막힌 마음의 문이 조금 열리는 순간이었다.

*

집으로 돌아가는 길, 세 사람의 표정이 하나같이 오묘했다. 애련의 사연을 듣고 나니 머릿속에서 질문들이 수능 금지곡처럼 끊임없이 맴돌았다.

"하, 이번엔 자신이 없다……."

도하의 한숨이 깊다 못해 암반층까지 뚫을 기세였다.

"나도 솔직히 잘 모르겠어."

우주도 떨떠름한 얼굴로 바지 주머니에 손을 찔러 넣었다. 애련이 힘겹게 털어놓은 속사정이 되레 더 큰 의문으로 남은 까닭이었다. 내내 감정적으로 굴던 로운은 언제 그랬냐는 듯 이성을 되찾고 차분하게 말했다.

"우리의 역할은 의뢰인을 이해하는 게 아니라 악몽을 사라지게 해주는 거야. 다들 그거에만 집중하자. 물건은?"

"기가 막힌다, 진짜. 내가 말할 땐 귓등으로도 안 듣더니. 아까는 대체 왜 그랬던 거야?"

"그러게. 제 발로 찾아오는 의뢰인도 귀찮아하면서 웬일로 찾아가기까지 해?"

두 사람이 로운의 얼굴을 번연히 쳐다보자 로운은 얼렁뚱땅 말머리를 바꾸었다.

"그냥 넘어가지? 살다 보면 이런 일도 있고 저런 일도 있는 거니까. 물건은 챙겼냐고."

우주와 도하는 로운에게 묻고 싶은 말도 듣고 싶은 말도 산더미 같았지만 필사적으로 회피하는 사람을 붙들고 계속 강요할 수도 없는 노릇이었다. 대답하지 않는 데에는 그만한 이유가 있을 테니 이 정도 선에서 물러나는 수밖에.

세 사람은 본론으로 돌아와 애련에게 받은 물건을 공개했다. 로운은 토끼 인형, 우주는 손거울 그리고 도하는 지우개였다. 아무런 연관성도 없어 보이는 물건도 악몽에서는 필수 아이템으로 쓰인다는 사실을 한 차례 경험을 통해 알고 있었다. 하지만 가늠이 안 되기는 이번에도 매한가지였다.

자정이 되자 세 사람은 애련의 악몽으로 들어갔다. 두 번째라 그런지 긴장감은 덜했지만 주위를 둘러보는 세 사람은 어째서인지 쉽게 말을 잇지 못했다.

"뭐냐, 이건?"

도하는 어이가 없어 눈을 깜빡이는 것조차 잊었다. 어디를 둘러봐도 온통 분홍색이었다. 플라스틱으로 이루어진 벽과 바닥 전체에 깔린 카펫도 전부 분홍색이었다. 벽 중간중간에 일정한 간격을 두고 창문이 달려 있었으나 조악한 그림에 지나지 않았다. 꼭 장난감 가게에서 파는 인형의 집을 연상시키는 장소였다.

"악몽 맞아?"

"너무 예뻐서 몰입이 안 돼."

선반에는 프랑스 왕실에서나 사용할 법한 고급스러운

다기 세트가, 중앙엔 벨벳 천으로 장식된 소파와 흠집 하나 없는 대리석 테이블이 전시품처럼 놓여 있었다. 어김없이 분홍색이었다.

"나도 적응이 안 되긴 하는데 방심은 금물이야. 어쨌거나 이건 민애련의 악몽이니까."

로운은 바싹 마른 입술에 침을 묻혔다.

"저기로 나가야 시작되는 거 아냐?"

우주가 가리킨 방향에 문인지 그림인지 모를 무언가가 있었다. 가까이 다가가 살펴보자 볼록 튀어나온 동그란 손잡이가 눈에 띄었다. 세 사람은 문을 열기 전에 우선 바깥 기척부터 확인했다. 아무 소리도 들리지 않았다. 혹시 몰라 로운이 문을 열고 슬쩍 고개를 내밀어보았다.

"오케이, 가자."

아무도 없음을 확인한 로운은 음성을 낮추고 침착하게 앞장섰다. 뒤따르는 두 사람도 살금살금 걸음을 내디뎠다.

"으아, 핑크, 핑크! 돌아버리겠네. 이러다 핑크 공포증 생기겠어."

"나도 계속 보니까 멀미 날 거 같아."

천장과 바닥을 비롯해 눈길 닿는 모든 곳이 분홍색으로 둘러싸여 있었다. 그 무엇도 예측할 수 없는 분홍 무한 지

대처럼. 차라리 폐건물이 훨씬 낫다는 생각이 들 정도였다. 그곳은 적어도 어디로 가야 할지 판단은 섰는데 이곳은 한 마디로 답이 없었다.

무표정을 유지하던 로운도 기어이 한숨을 내뱉고 말았다. 이 난국을 무슨 수로 헤쳐 나가야 하나 막막했다. 분홍색 벽에 등을 기댄 채로 다리를 벌리고 서 있던 순간, 로운이 벽에서 한 발짝 떨어지며 급히 소리쳤다.

"벽이 아니라 문이야! 정도하, 그 선글라스 좀 꺼내봐. 어서!"

"응."

도하는 화면에 뜬 아이템 보관함에서 선글라스 아이콘을 터치했다. 지지직 하는 소음과 함께 도하의 맨얼굴에 선글라스가 씌워졌다. 동시에 무의 세계나 다름없던 공간의 구조가 한눈에 들어왔다.

"방이 수십 개가 넘어. 우리가 있는 여기에만. 우주야, 링크 좀."

"알았어."

우주는 열쇠고리를 사용해 도하가 보고 있는 장면을 공유했다. 지도와 현 위치를 알리는 화면이 떠올랐다.

"그나저나 이 많은 방을 어느 세월에 다 뒤져?"

설계도를 응시하는 도하의 눈이 반쯤 풀려 있었다. 본격적인 탐색은 시작도 못 했는데 의욕이 생기지 않았다. 지도만 놓고 봐도 이곳은 영락없는 미궁이었다. 애련의 악몽이 어떤 장르인지 자못 궁금했는데, 이제야 알 것 같았다.

"핑크 지옥인 줄 알았더니 방 탈출 게임이었네."

"까딱 잘못하면 시간 내에 탈출하는 것도 어렵겠다. 우리 영영 갇혀버리면 어쩌지?"

도하와 우주가 망연해하는 사이, 문에 형광펜으로 '1'이라는 표식을 남긴 로운이 냉큼 손잡이를 잡아당겼다.

"떠들고 있을 시간에 뭐라도 빨리 해보자."

"갑자기 그러면 어떡……."

문이 열리자마자 피비린내가 콧속으로 확 끼쳐왔다. 첫 번째 방과 똑같이 꾸며진 실내였지만, 토막 난 사체가 바닥 여기저기에 나뒹굴고 있다는 게 달랐다. 검붉은 피가 고인 웅덩이 위로 각각 40대와 70대가량 추정되는 두 남자의 얼굴이 보였다. 둘 다 겁에 질린 듯 눈을 커다랗게 뜨고 입을 벌리고 있는 모양새였다.

도하가 주저하며 말을 꺼냈다.

"설마…… 민애련 아빠랑 할아버지는 아니겠지?"

팔과 다리, 몸통과 머리가 분리된 걸로도 모자라 모든

장기가 빠져나온 끔찍한 살육의 현장은 맨정신으로는 보기 힘들 지경이었다. 급기야 우주는 양손으로 입을 틀어막고 헛구역질해댔다. 로운과 도하도 넘어오는 신물을 도로 삼켜보았지만 그럴수록 속이 메슥거렸다. 등줄기는 식은땀에 젖어 흐물흐물해진 상태였다. 여기까지가 한계라고 생각한 세 사람은 창백한 낯빛으로 뛰쳐나갔다. 자각몽은 꿈이라고 해도 오감을 생생히 느낄 수 있었기에 여러모로 애로 사항이 많았다.

"그 할머니 때문에 이게 뭔 고생이냐고⋯⋯."

"마니차 확 갖다 버릴까, 우리?"

"받침대 밑에 붙은 경고문은 못 봤나 보네."

로운의 말에 두 사람은 고개를 갸웃거렸다. 금시초문이라는 반응이었다.

"임의로 그것을 파괴하거나 버리면 더 큰 재앙이 온다고 적혀 있었거든."

이보다 더 큰 재앙이 있다니 다들 믿기 싫어하는 표정이었지만, 현재로서는 애련의 악몽을 끝내는 게 급선무였다. 숨 고르기를 하며 힘겹게 재정비를 마친 세 사람은 다음 문을 열어보았다. 안으로 들어서자 와글와글한 소음이 들려왔다.

'응? 여긴…….'

기시감이 느껴지는 풍경은 다름 아닌 유명고등학교의 교실이었다. 그런데 같은 디자인의 교복을 입은 건 그렇다 쳐도, 학급 전원이 똑같은 모양의 가면을 쓰고 있다는 점이 퍽 괴상했다. 게다가 얼굴 전체를 가린 가면에 눈코입이 없었다. 세 사람이 갑작스럽게 등장했음에도 교실은 여전히 왁자지껄했다.

"자해하는 거 일부러 보여주려고 하는 거 아냐?"

"꼭 그런 관심 종자가 있다니까?"

"쪽팔려서 어떻게 얼굴 들고 다니나 몰라?"

새하얀 가면으로 가려진 입에서 온갖 비난이 배설물처럼 쏟아져 나왔다. 경멸의 목소리는 점차 강도를 더해갔다. 각각의 말이 하나의 음성으로 합쳐져 기괴한 고음으로 변하는가 싶더니, 순식간에 교실 유리창이 와장창 깨져버렸다. 어마어마한 데시벨로 고막이 터져 나갈 것 같았다. 얼굴이 심하게 일그러진 세 사람은 죽을힘을 다해 양쪽 귀를 감쌌다. 이를 꽉 물고 어떻게든 버텨보려 했으나, 이대로 있다가는 몸이 버티지 못할 것만 같았다. 더 이상 참을 수 없던 세 사람은 교실을 벗어나자마자 정신없이 복도를 내달렸다.

도하는 복도 중간쯤에 이르러서야 영혼이 나간 표정으로 말했다.

"와, 이번 악몽은 살벌한데?"

"하, 이런 악몽을 매일 꾸고 있었다니. 쯧⋯⋯."

로운은 심한 욕이 나오기 전에 말을 멈췄다. 불현듯 눈에 초점이 나간 채 복도를 걷던 애련의 모습이 눈앞에 아른거렸다. 성질 같아서는 확 교실 문을 부수고 들어가 한 놈도 남김없이 뭉개버리고 싶었지만, 지금은 그럴 시간이 없었다. 가까스로 노여움을 가라앉힌 로운은 주먹을 불끈 움켜쥐었다.

흩어져서 수색하던 세 사람은 얼마 후 다시 합류하여 각자 획득한 아이템을 공유했다. 로운이 내민 것은 '×100'이라고 적힌 종이 쿠폰이었다.

"힘 빠지게 돌아다녔는데, 기껏 얻은 게 이것뿐이야."

"난 비눗방울 놀이 세트. 소꿉놀이도 아니고 이게 뭐냐?"

맥이 빠진 도하는 헛웃음을 흘렸다. 우주도 입술을 삐죽 내밀었다.

"나는 오르골인데. 아무리 찾아봐도 다른 건 없더라고."

생각보다 저조한 성과에 모두 풀죽은 모습이었다.

"정리해보자. 기본 아이템 세 개, 획득한 아이템 세 개. 총 여섯 개인 거지?"

도하는 짜증 섞인 어조로 태클을 걸었다.

"개수가 아니라 아이템이 무엇이냐가 중요하지. 지난번보다 악몽 스케일은 더 커진 거 같은데 아이템은 왜 이 모양이야?"

로운도 같은 심정이라 맞받아칠 생각은 없었다. 손거울, 토끼 인형, 지우개, 비눗방울 놀이 세트, 오르골 그리고 무슨 용도인지 알 수 없는 쿠폰 한 장이 가진 전부였다. 더군다나 지난번에 얻은 것들은 몇 개 제외하고 대부분 사용할 수 없는 아이템으로 표시되어 있었다. 그때, 세 사람의 머리 위로 전광판이 나타났다.

**악몽이 30분 뒤에 종료됩니다.**

"얘들아, 서둘러야 할 거 같아."

우주의 재촉에 세 사람은 즉각 행동에 나섰다.

"여기만 안 들어가본 거 맞지?"

로운이 묻자 두 사람은 동시에 끄덕였다. 어차피 잠겨 있어서 들어갈 수도 없는 문이었다. 이 문을 열 수 있는 존재는 오직 마스터키를 지닌 로운뿐이었다.

"연다?"

손잡이 부근에 카드 키를 가져다 댄 로운은 속으로 셋까지 센 다음 활짝 문을 열었다.

문안으로 들어서자, 스산한 바람이 피부에 와 닿았다. 처음에는 어두컴컴해서 잘 몰랐는데 세 사람이 들어온 곳은 문안이 아니라, 문밖이었다. 세 사람은 종아리 높이로 자란 풀을 헤치며 걸어갔다. 바짓단이 닿을 때마다 바스락거리는 소리가 들릴 만큼 메마른 풀숲이었다.

우주가 눈을 가늘게 뜨고 중얼거렸다.

"나무에 있는 저건 뭐지?"

도하는 식겁하며 소리쳤다.

"아, 깜짝이야! 저런 건 왜 매달아놓고 난리야!"

흡사 목을 매달고 죽은 사람처럼 보이는 마네킹이었다. 하나로 부족한지 축 늘어진 마네킹이 고목마다 대롱대롱 걸려 있었다. 어찌나 실감 나던지 목덜미에 으슬으슬한 한기가 돌았다.

"뭘 저런 걸로 놀라고 그래. 누가 봐도 가짜인데."

로운이 가소롭다는 듯이 말하자, 도하는 코웃음으로 받아쳤다.

"내가 말해주기 전까진 몰랐잖아."

"빨리 가기나 하자."

잠시 후, 커다란 출입문 앞에 다다른 세 사람은 장난기를 거두고 신중하게 진입했다. 끼이익 하는 소리와 함께 열린 녹슨 철문 너머로 또 다른 전경이 펼쳐졌다. 이끼와 담쟁이덩굴로 뒤덮인 낡은 놀이기구들이 달빛 아래로 어렴풋이 보였다. 오래전에 문을 닫은 놀이공원인 듯했다. 이번 테마는 인형의 집이 아니라 귀신의 집인가 싶던 즈음, 어디선가 인기척이 느껴졌다.

세 사람은 귀를 쫑긋 세우고 소리가 나는 방향으로 다가갔다. 거리가 좁혀지자 누군가의 뒷모습이 시야로 들어왔다. 긴 머리를 풀어 헤친 여자는 구슬프게 흐느끼며 무언가를 계속해서 자기 몸에 쑤셔 넣고 있었다. 달빛에 반사된 그것은 서슬 퍼런 칼날이었다.

"으흐흐흐……."

선혈에 온몸이 젖은 그녀는 고통스러워하면서도 자기 몸을 찌르고 또 찔렀다. 그 몸에는 빈틈없을 정도로 이미 무수한 칼이 꽂혀 있었다.

"나 같은 건 죽어야 해……."

처량한 울음이 섞인 목소리. 일순 로운의 동공이 지진이라도 난 듯 세차게 흔들렸다.

"멈춰, 민애련!"

로운의 외침에 그녀가 홱 뒤돌아봤다. 뺨을 타고 검게 흘러내린 마스카라 자국과 엉망으로 번진 새빨간 립스틱. 본연의 외모를 알아보기 어려울 정도였지만 로운은 그녀가 애련이라고 확신했다.

"네가 뭔데!"

애련은 몸에 꽂힌 칼 하나를 빼내어 인정사정없이 집어 던졌다. 삽시간에 날아든 칼이 로운의 팔뚝을 예리하게 스쳤다. 피할 겨를이 없던 로운의 팔에서 진한 핏방울이 뚝뚝 떨어졌다. 깜짝 놀란 도하와 우주가 어쩔 줄 몰라 하는 동안 로운은 한쪽 손으로 상처 부위를 압박하며 나지막이 말했다.

"난 괜찮으니까 아이템 꺼내, 어서."

"그, 그렇지만 우리가 가진 걸로 뭘 하라고?"

우주의 속이 지글지글 타들어가는 중이었다.

"다 죽어!"

애련이 또다시 자기 몸에서 꺼낸 칼을 던졌다. 로운은 바닥에 떨어진 칼을 잽싸게 집어 날아오는 칼을 쳐냈다. 쇠끼리 부딪치며 불꽃이 튀었다. 이에 더욱 흥분한 애련은 마구잡이로 칼을 내던졌고, 울음인지 비명인지 모를 괴성을 지르며 퍼붓는 공격은 쉴 새 없이 계속되었다. 광분한 그녀를 대적할 방법은 단지 획획 날아오는 칼을 요령껏 피하는 것뿐이었다.

"이러다 우리 진짜 다 죽겠어!"

아이템이 있다고 한들 아무짝에도 쓸모가 없었다. 손거울, 토끼 인형, 지우개 따위로 무얼 할 수 있단 말인가. 그러다 문득 로운은 아까 획득한 아이템 중에서 가장 무의미하게 보였던 쿠폰이 어쩌면 이 위기를 넘기게 해줄지도 모른다는 직감이 들었다.

제발 직감이 맞기를 바라는 마음으로 보관함에서 쿠폰을 꺼내자 세 사람의 물건이 100배로 커졌다. 드디어 방어할 수 있는 무기가 생긴 것이다. 거대해진 손거울과 토끼 인형, 지우개를 방패 삼아 빗발치는 칼을 겨우겨우 막아냈다.

**악몽이 5분 뒤에 종료됩니다.**

그렇지만 언제까지 방어만 할 수는 없는 노릇이었다. 세 사람은 갖고 있는 아이템을 모조리 꺼냈다. 그 와중에도 애련은 미친 사람처럼 날뛰며 칼 던지는 걸 멈추지 않았다.

"다 죽으라고, 죽어!"

우주는 쏜살처럼 날아오는 칼을 피하느라 들고 있던 오르골을 그만 떨어뜨리고 말았다. 그 순간 땅에 떨어진 오르골 뚜껑이 열리며 청명한 소리가 흘러나왔다. 감미로운 선율에 귀를 기울이듯 애련이 주춤거렸다. 증오와 환멸로 가득했던 눈동자도 조금 유순하게 바뀐 것 같았다. 그녀가 오르골 멜로디를 가만히 듣고 있던 그때 별안간 낡아빠진 회전목마가 반짝반짝 빛을 내며 돌아가기 시작했다.

어찌 된 영문인지 빙글빙글 도는 회전목마에 엄마와 딸처럼 보이는 사람들이 타고 있었다. 애련이 간직하고 있는 어린 시절의 환영인 듯했다. 모녀의 모습을 지켜보는 사이, 어느새 화장기 없는 얼굴로 돌아온 애련의 눈에서 유리구슬 같은 눈물이 또르르 떨어져 내렸다.

"엄마……."

**악몽이 1분 뒤에 종료됩니다.**

남은 아이템은 단 하나, 비눗방울 놀이 세트였다. 도하는 반쯤 포기한 채로 비눗방울을 불어보았다. 작고 투명한 비눗방울은 바람을 타고 춤추듯 애련에게로 날아가더니

한순간에 부풀어 올라 그녀를 감쌌다. 비눗방울에 갇힌 애련은 불식간에 공중으로 떠올라 회전목마를 타고 있는 어린아이의 몸속으로 빨려 들어갔다. 어린 애련이 엄마 품에 안겨 천진하게 웃는 동안 세 사람은 작별 인사를 건넸다. 애련의 꿈이 매일 이렇게 예쁘기를 바라면서.

"우리도 이제 돌아갈까?"

로운의 말투에 후련함이 묻어나 있었다. 악몽 종료 오 초 전, 세 사람 앞에 분홍색 페인트가 칠해진 문 하나가 나타났다. 어김없이 또 나타난 분홍색에 세 사람 모두 웃음보가 터지고 말았다.

**악몽이 완료되었습니다.**

다시 캄캄해진 놀이공원 하늘에 전광판이 떠올랐다. 마치 아무 일도 없었다는 듯 사방은 고요하고 평온했다.

*

로운은 스르륵 눈을 떴다. 꿈에서 본 마지막 장면 때문인지 악몽이 아니라 단잠을 자고 일어난 듯 산뜻한 기분이

들었다. 방문을 열고 거실로 나가보니 벽시계가 새벽 두 시를 가리키고 있었다. 소파에 누워 TV를 보고 있던 엄마가 물었다.

"왜 일어났어? 화장실?"

"엄마는 왜 안 자요?"

무뚝뚝한 말투였지만, 엄마를 보니 반가웠다. 아니, 사무치게 그리워하던 이를 마침내 만난 듯 가슴이 뭉클하고 벅차기까지 했다. 자신에게도 가족이 있다는 사실이, 그 가족이 엄마라는 사실이 오늘따라 더욱 고맙게 느껴졌다.

"주말이잖아. 출근도 안 하는데 나도 좀 놀자."

"아이고, 그러셨구나. 기껏 TV나 보는 게 노는 거예요?"

"난 주중에 못 본 드라마 몰아 보는 재미로 사는데?"

몽유병이 있는 로운 때문에 엄마는 몇 년째 거실 소파에서 잠을 잤다. 그런 사실을 모를 리 없는 그였지만, 엄마가 걱정할까 봐 부러 내색하지 않았다.

"옷 갈아입고 나오세요, 나가게."

"이 시간에?"

"얼른 옷이나…… 아니다, 그냥 겉옷 하나만 챙겨요. 추울 수도 있으니까."

"어딜 가자는 거야, 대체?"

"놀고 싶다면서요. 저만 믿고 따라오시죠, 네?"

"별일이네. 문도 다 닫아서 갈 데도 없을 텐데……."

엄마는 귀찮아하면서도 안방에 들어가 카디건을 걸치고 나왔다.

모자는 새벽 공기를 만끽하며 한적한 골목길을 걸어갔다. 로운은 슬쩍 엄마의 팔짱을 꼈다. 엄마는 '오래 살고 볼일이네'라는 표정으로 로운을 쳐다봤다.

"너, 내 아들 맞아?"

"무슨 질문이 그래요?"

"생전 안 하던 짓을 하니까 그렇지. 그래, 기분이다!"

엄마는 로운과 팔짱을 바꿔 끼며 싱긋 웃었다. 엄마가 웃자, 로운도 빙그레 미소를 지었다.

"엄마는 데이트 안 해요?"

"너 다 크면?"

"나 다 컸는데 더 크라고요? 185센티미터면 다 큰 거 아닌가."

로운은 허리를 곧게 세우고 어깨를 쫙 펼쳤다. 난데없는 키 자랑에 엄마가 고개를 들어 로운을 올려다보았다. 나란히 선 두 사람은 못해도 20센티미터는 차이가 나는 듯했다.

"언제 이렇게 컸대?"

"나도 클 만큼 컸으니까 핑계 대지 말고 엄마도 데이트 해요."

"그러는 넌 여자 친구 있어?"

"관심 없어요."

"그럼 남자 친구는?"

"좀!"

"우리 아들은 왜 인기가 없을까? 이렇게 잘생겼는데 말이야."

"저 인기 많거든요? 아들한테 너무 무관심하시네."

당당하게 말했지만 로운은 민망했는지 눈썹을 긁적이며 콧잔등을 찡그렸다.

"그중에 마음에 드는 애가 없었어? 아들, 눈 되게 높은가 보다."

"제 연애는 제가 알아서 할 테니까 엄마부터 하세요, 네?"

일찍 로운을 낳은 엄마는 아직도 젊디젊었다. 언제였는지는 기억나지 않지만, 로운은 엄마가 대시받는 장면을 우연히 목격한 적이 있다. 그런데도 엄마는 본인이 '다 큰 아들이 있는 아줌마'라며 단칼에 거절했다. 아들이 있는 건 맞지만 '아줌마'는 엄마랑 전혀 어울리지 않는 호칭이었다.

로운은 엄마의 아름답고 빛나는 청춘이 자신 때문에 시

들지 않았으면 했다. 자신을 키우느라 너무도 많은 희생을 치렀으니 이제라도 그 무거운 짐을 내려놓기를 바랐다.

"근데 진짜 어디 가는 거야?"

엄마가 묻자 로운은 턱짓으로 목적지를 가리켰다.

"편의점?"

"안 추우니까 야외 테이블에서 엄마는 맥주 드시고, 저는 콜라 한잔할게요. 출출하니까 라면도 먹어야겠다."

"난 소시지랑 문어 다리 먹을래."

쫄래쫄래 편의점으로 들어가는 엄마는 여전히 열일곱처럼 보였다. 로운은 부디 엄마가 하고 싶은 걸 했으면 좋겠다고 생각했다. 목에 걸려서 뱉지 못한 말, 아니 지금껏 한 번도 소리 내보지 못한 말이 입안에서 사탕처럼 연신 맴돌았다.

*

주말이 지나고 다시 찾아온 월요일. 부실에서 애련과 만나기로 한 세 사람은 청소를 마치고 기다렸다. 몇 분 지나지 않아 노크 소리가 들렸고, 문을 열어준 우주가 애련을 반겼다.

"어서 와. 주말 잘 보냈어?"

"응."

짧게 대답한 애련은 어색한 눈길로 실내를 한 바퀴 둘러보았다.

"천장 안 무너지니까 걱정 말고."

도하의 말에 애련은 별다른 대꾸 없이 가장 가까이 있는 의자에 앉았다. 쉼터에서 만났을 때보다 비교적 안정된 모습이었지만, 애련은 줄곧 딴 데만 쳐다봤다.

"아직도 우리가 불편해?"

로운이 직설적으로 묻자 애련은 무안한 듯 고개를 가로저었다.

"아냐. 고, 고마워."

말문을 연 애련의 얼굴에서 전에 없던 생기 같은 것이 돌았다.

"이제 악몽은 안 꿔?"

"응, 이렇게 푹 자본 게 얼마 만인지 몰라. 의심해서 미안해."

"아니야, 악몽을 지워준다는 말을 믿는 게 더 이상하지."

"근데 난 왜 보자고 한 거야?"

로운은 불쑥 쇼핑백을 내밀었다.

"이거 주려고."

그 안엔 애련에게 받은 물건들과 걱정 인형 그리고 로운이 개인적으로 준비한 선물도 함께 들어 있었다. 쇼핑백 안을 들여다본 애련은 의아하다는 눈으로 되물었다.

"받아도 돼?"

"걱정 인형은 베개 밑에 넣어둬. 악몽이 끝났다는 증표로 주는 거야. 그 옷은 우리 엄마가 실수로 두 개 주문해서…….아무튼 부담 갖지 말고 입어. 비싼 거 아니니깐."

실은 어제 옷 가게 앞을 지나다가 눈에 띄어서 로운이 직접 산 후드티였다. 애련에게 잘 어울릴 것 같아서 샀는데 솔직하게 말하기 쑥스러웠다.

"나 분홍색 좋아하는데……. 잘 입을게."

로운은 대수롭지 않다는 듯 어깨를 으쓱거렸다.

"아, 주말에 아빠랑 새엄마가 다녀가셨어. 나 조만간 전학 갈 거 같아. 아빠가 지방으로 발령받으셔서 이사 가야 하거든."

"다 같이 살기로 한 거야?"

"응, 심리상담도 받고 우울증 치료도 하기로 했어."

"잘됐다."

"만나자마자 이별이네. 그래도 너희 만나서 기뻤어."

애련은 울먹이면서도 웃으려 노력했다. 그런 그녀를 보고 있자니 세 사람은 짠한 마음이 들었다.

"또 만날 날이 있겠지."

로운은 감정을 드러내지 않으려 최대한 말을 아꼈다.

"그럼 나중에 또 보자. 선물 고마워."

애련이 자리에서 일어나려던 찰나, 로운이 못다 한 말을 꼬리표처럼 달았다.

"민애련, 조금만 더 너 자신을 아껴줬으면 좋겠어. 이 세상에서 널 진정으로 사랑할 수 있는 사람은 자신뿐이니까."

"노력해볼게."

애련은 애틋한 미소를 짓고는 부실을 빠져나갔다. 세 사람은 닫힌 문을 응시하며 한동안 침묵했다. 아빠에게 관심받으려 할아버지한테 성추행을 당했다고 거짓말한 아이. 그럼에도 돌아오지 않는 관심으로 인해 가출을 일삼으며 외로움을 상처가 될 때까지 제 몸에 새겼던 아이. 두 번째 의뢰인인 애련의 사연은 세 사람에게 아주 오래 기억될 것 같았다.

도하는 문득 생각났다는 듯 질문했다.

"그건 그렇고, 아빠한테 맞아서 가출했다는 소문은 어쩌다가 돌게 된 거야?"

"쉼터에 들어가려면 사유가 있어야 하잖아. 다시 집으로 돌려보낼까 봐 대충 둘러댔는데 거짓말이 또 다른 거짓말을 낳고, 소문으로 퍼지고…… 뭐, 그런 거겠지."

로운도 처음에는 그 부분에 강한 의구심을 품었지만 애련의 입장에서 곰곰이 헤아려보니 어느 정도 이해가 갔다.

"아무렴 어때. 악몽도 현실도 해피엔딩이니까 된 거지."

우주가 흐뭇해하던 그때 갑자기 누군가 벌컥 문을 열어 젖혔다. 헐레벌떡 들어온 사람은 같은 반 진대용이었다.

"여, 여기들 있었구나…… 한참 찾았어."

도하가 눈을 껌벅이며 되물었다.

"우리를 찾았다고?"

같은 반이라 오가며 인사 정도만 나누는 사이였으니, 대용이 부실로 찾아온 이유가 궁금한 건 당연했다.

"잠깐만, 숨 좀 돌리고."

대용은 무릎을 짚은 채로 숨을 몰아쉬었다. 무슨 영문인지는 몰라도 계속 뛰어다닌 모양이었다. 심호흡을 마친 대용은 잠시 머뭇거리다가 마침내 결단을 내린 듯 용건을 꺼냈다.

"너희 도움이 필요해. 악몽에서 나 좀…… 꺼내줘."

무척이나 절박한 말투였다. 벼랑 끝에 매달려 구조를 기다리는 조난자처럼.

# 미친개들의 시간

"차근차근 얘기해봐, 시간 많으니까."

"악몽 없애줄 수 있는 거 맞지? 확실하지?"

대용의 얼굴 근육에 경련이 일었다. 예삿일이 아니라는 걸 직감한 세 사람의 이목이 그에게로 집중되었다.

"맞는데, 일단 마음부터 추스르는 게 순서인 거 같다. 여기 앉아."

도하는 어르듯 말하며 근처에 있던 의자 하나를 내주었다. 대용은 쓰러지듯 의자에 앉았다. 땀이 밴 손바닥을 연거푸 허벅지에 문지르는 그는 쉽사리 진정될 기미가 보이지 않았다. 세 사람이 할 수 있는 일은 대용이 차분히 입을 열 때까지 잠자코 기다려주는 것뿐이었다.

"며칠 전에 그놈들을 봤어."

대용이 좀 전과는 다르게 차분한 어조로 운을 뗐다. 어수선했던 머릿속이 정리된 듯 혼탁했던 눈동자도 또렷하게 돌아온 상태였다.

"그놈들이라니?"

"혹시 세진동 집단 폭행 사건, 들어본 적 있어?"

대용은 답은 않고 오히려 질문을 던졌다.

"아, 그 몇 년 전에 있었던 사건? 뉴스에도 나오고 그랬잖아."

"내가 그 집단 폭행 피해자야."

명료한 대답에서 알 수 없는 떨림이 느껴졌다. 생각지도 못한 이야기에 우주는 손으로 제 입을 막아버렸다. 그러는 사이 로운은 핸드폰으로 재빨리 뉴스를 검색해보았다. '세진동'이라고만 쳤는데도 '중학생 집단 폭행 사건'이라는 문구가 자동으로 완성되었다.

"여덟 명의 촉법소년들이 자행한 집단 구타로 인해 피해자 A 군은 전치 6주의 부상을 입고…… 가해자들은 소년부에 송치돼 보호관찰을 받는……."

읊조리듯 기사를 읽어 내려가던 로운의 관자놀이에 핏줄이 불뚝 솟았다.

"벌써 삼 년이나 지난 일인데, 겨우 잊었다고 생각했는데……. 그놈들을 다시 보니까 그날 일이 생생하게 떠오르더라고."

대용은 말끝을 흐리며 애먼 손톱만 만지작거렸다.

심연처럼 가라앉은 분위기 속에서 대용이 숨을 들이마시고는 덧붙였다.

"웃고 있더라."

어이가 없다는 듯 한쪽으로 올라간 입꼬리가 버르르 떨렸다. 의도치 않은 조우의 한 장면을 회상하는 대용의 눈자위는 벌겋게 충혈돼 있었다.

"그래서 시작된 거구나, 악몽이."

"며칠째 똑같은 악몽 때문에 미치겠어. 정신과 약도 소용없고. 잠드는 게 너무 두려워서 견딜 수가 없어."

대용은 눈물을 글썽이며 이내 머리를 쥐어뜯듯 헝클어뜨렸다. 세 사람은 대용의 심정이 자못 이해가 갔다. 자신의 악몽을 끝내기 위해 다른 사람의 악몽에 뛰어들기로 작정한 세 사람이었으니 말이다.

"대용아, 많이 힘든 건 아는데 정확히 무슨 일이 있었는지 우리한테 말해줄 수 있을까?"

잠재된 무의식의 세계를 이해하려면 의뢰인의 사연을 파악하는 게 무엇보다 중요했다. 악몽의 근원을 찾아낸 뒤

완전히 파괴하지 않는다면 악몽은 언제고 또다시 찾아올 테니까.

손발을 움찔거리던 대용은 꽉 잠긴 목구멍에서 가까스로 그날의 일을 끄집어내기 시작했다.

"그 일은, 그러니까……."

눈발이 흩날리던 어느 겨울날, 초등학교를 갓 졸업한 아이들은 추위도 잊은 채 근린공원 야외 코트를 뛰어다니며 농구 삼매경에 빠져 있었다. 좀처럼 승부가 나지 않는 탓에 대용은 애를 먹는 중이었다. 한참의 실랑이 끝에 상대편의 공을 가로챈 대용은 득점 찬스가 오자 주저 없이 골대를 향해 공을 던졌다.

들어갈 거라 확신했는데 아쉽게도 공은 백보드를 맞고 팅겨 나가버렸다. 그때, 어디선가 외마디 신음이 들려왔다. 지나가던 사람이 공에 맞은 듯했다. 아차 싶었던 대용은 한달음에 코트 밖으로 달려 나갔다.

"죄송합니다! 괜찮으세요?"

안절부절못하며 머리를 조아리는데 상대방이 언짢은 말투로 대꾸했다.

"난 괜찮은데, 안 괜찮아 보이는 게 있네."

엉겁결에 고개를 들어보니 또래나 한두 살 위쯤으로 보이는 남자아이가 제 손목을 반대쪽 손가락으로 가리키고 있었다. 정확히는 손목시계였는데 유리 부분에 금이 가 있었다. 꽤 값비싸 보이는 시계였다. 난처해하던 중에 농구코트에 있던 아이들이 쑥덕거렸다.

"쟤, 강철규 아니야?"

"헤어스타일 바뀌어서 누군가 했네."

강철규. 대용도 아는 이름이었다. 한 번도 대화를 나눠본 적은 없지만 세진초등학교에서 '미래병원 막내아들 강철규'를 모르면 간첩이라 할 만큼 유명한 애라 모르는 게 더 이상했다. 해마다 학교 발전 기금과 장학금을 통 크게 기부하는 아버지 덕분에 선생님들조차 그를 함부로 대하지 못했다. 병원장이 학교에 방문할 때마다 교장과 교감까지 버선발로 마중 나가 굽실거렸을 정도니까.

상황이 이렇다 보니 동급생 중에서도 철규와 제대로 대화해본 사람이 없었다. 그러니 대용은 엄밀히 말하면, 철규와 대화를 나눠본 적 없는 게 아니라 감히 나눌 수 없었다고 하는 게 맞았다.

"처, 철규야. 정말 미안해! 내가 시계 수리비……."

"수리비? 하하."

절절매는 대용의 면전에 대고 철규가 한바탕 비웃음을 퍼부었다. 배를 부여잡은 그의 등이 활처럼 휘었다. 더욱 곤란해진 대용은 말 붙일 타이밍을 재느라 입술을 뗐다 오므리길 반복했다.

"이게 얼마짜린 줄 알고 수리를 해준다는 거야?"

겨우 웃음을 멈춘 철규의 표정이 서늘하게 돌변했다. 마치 먹잇감을 노리는 맹수의 눈빛처럼 섬뜩했다. 금방이라도 송곳니를 드러내며 달려들 것처럼.

"엄마한테 말씀드려서 꼭 물어줄게. 어, 얼만데?"

땀이 식어서 더 춥게 느껴진 걸까. 대용의 두 다리가 제멋대로 후들거렸다.

"너희 엄마 뭐 하셔?"

"요양보호사……."

철규는 혀를 끌끌 차며 빈정거렸다.

"허, 너 되게 못됐다. 너희 엄마가 남의 똥오줌 받아내서 번 돈을 달라 하려고?"

순식간에 천하의 불효자가 되어버린 대용은 가슴에서 울컥 치밀어 오르는 모멸감을 억지로 삼켰다.

"말이 좀 심하잖아."

"사실을 말했을 뿐인데 왜 욱하고 그래? 엄마 고생하시는 거 너도 뻔히 알면서."

"그럼 내가 아르바이트라도 해서 갚을 테니까 얼만지나 말해. 당장은 힘들겠지만 중학교 들어가면 어떻게든 해볼게."

"아르바이트해서 이번 생에 갚을 수나 있겠어? 이 시계, 1억 2천만 원짜리야."

"뭐?"

일순 대용의 눈앞이 캄캄해졌다. 철규의 말대로 아르바이트 따위로는 감당할 수 없는 금액이었다. 액수를 듣고 나니 엄마한테 도움을 청해보겠다는 치기 어린 생각도 쏙 들어가버렸다.

"이거 국내에 한정판으로 들어온 거라 어차피 수리도 못 해."

"……."

"음, 너도 당장 갚을 돈은 없어 보이니까 이렇게 하자."

"어떻게?"

"뭘 어떡해, 몸으로 때워야지. 싫으면 돈 가지고 오든가. 어느 쪽이든 네가 결정해서 내일 이 시간에 여기서 보는 걸로."

일방적으로 대화를 끝내버린 철규는 유유히 그 자리를

벗어났다. 함께 농구를 했던 아이들마저 어느새 떠나버린 후였다. 홀로 남겨진 대용은 흐릿한 초점으로 발밑을 내려다보았다. 쌓인 눈 위로 발자국이 난잡하게 찍혀 있었다. 서성이고 우왕좌왕하던 고뇌의 흔적이었다.

대용은 마른세수하며 혼잣말처럼 말했다.

"내 삶은 지옥으로 바뀌었어. 강철규랑 엮이게 된 그 순간부터."

"열세 살한테 1억 원이 넘는 명품 시계를 사줬다는 거부터가 잘못된 거 같아, 난."

우주는 납득이 되질 않았다. 철규와 대용의 악연도 따지고 보면 바로 그 시계 때문이었으니.

도하가 재촉하듯 물었다.

"그래서 그다음엔 어떻게 됐는데?"

하루아침에 1억 2천만 원을 마련했을 리는 없을 테니 대용은 선택의 여지가 없었을 터였다. 거기까진 충분히 짐작이 갔지만, 도하가 알고 싶은 건 철규라는 아이와 대용 사이에 있었던 구체적인 사건이었다.

"난 철규가 부르면 무조건 나가야 했어. 낮이고 밤이고 그놈이 원할 때마다. 처음엔 샌드백처럼 얻어터졌지. 한 시간, 두 시간……. 그러다가 제풀로 지쳐 떨어지면 집에 보내주고. 그런 식이었어."

대용은 그때까지만 하더라도 나름 견딜 만했다. 시간당 얼마씩 쳐준다는 말을 철석같이 믿었기에 언젠가는 끝이 나리라는 희망이 보였다. 영악한 녀석이라 얼굴만큼은 때리지 않아서 부모님에게도 들키지 않았다. 얼굴에 상처 난 채로 집에 오면 부모님이 무슨 일인지 물어볼 테고, 그 질문은 누가 그랬냐는 추문으로 이어질 게 빤했으니까.

철규는 피시방에서 게임을 하다가도 게임에서 졌다는 이유로 대용을 비상구 계단으로 불러내 화풀이하듯 때렸고, 어떤 날은 노래방에서 노래 부르다가 호출해 구석에 몰아넣고 린치를 가했다.

상황이 악화된 건 그다음부터였다. 금세 흥미를 잃은 철규는 SNS에서 자신의 놀이에 참여할 사람을 모집했고, 일면식도 없는 사람이 하나둘 가담하기 시작한 것이다. 한 명에서 여덟 명으로 늘어난 집단은 묻지도 따지지도 않고 대용에게 폭력을 휘둘렀다. 명분 같은 건 필요하지 않았다. 그들에게 대용은 부서지든 망가지든 상관없는 싸구려 장난감에 불과했다. 대용은 그럼에도 아무것도 하지 못하는 자신의 무력함이 비참하기만 했다. 차라리 죽어버릴까. 며칠을 고민해봤지만 부모님이 슬퍼하는 모습을 상상하면 도무지 실행할 엄두가 나지 않았다.

'그래, 나만 입 다물고 있으면 돼. 조금만 더 버티면 돼.'

오로지 그 일념 하나로 대용은 생지옥을 버텼다.

*

"극악무도한 만행의 대가가 고작 사회봉사랑 강의 몇 시간 듣는 거라니. 이게 나라냐?"

도하의 눈이 튀어나올 듯이 커졌다. 어지간해서 화내는 일 없는 우주도 목청을 드높였다.

"촉법소년이 무슨 벼슬도 아니고, 정말. 왜들 그렇게 잔인해?"

"그나마 신고해준 사람이 있어서 망정이지, 아니었으면 지금까지도 그놈들한테 당하고 있었을지도 몰라. 신고조차 못 해서 묻혀버린 암수범죄도 많다고 하잖아."

몇 개월간 지속된 집단 폭행과 괴롭힘으로 인해 몸도 마음도 피폐해졌을 대용을 떠올리니 로운은 명치가 뻐근해졌다.

"우리 식대로 복수해주자."

도하가 소리치자, 우주도 두 손을 번쩍 들어 동의를 표했다. 로운 또한 의미심장하게 눈썹을 치켜올렸다.

"이번엔 또 어떤 악몽이 기다리고 있을지 심히 궁금해지네."

궁금하다기보다는 기대된다는 표정이었다. 머릿속에서는 벌써 시뮬레이션이 시작된 듯 눈동자가 바삐 움직였다.

도하는 득의양양하게 어깨를 쫙 펼치며 말했다.

"그래도 이번엔 도전 욕구가 막 샘솟고 그러지 않아?"

이처럼 자신만만해하는 데에는 그럴 만한 이유가 있었다. 아까 대용의 집에 들러서 받아 온 물건이 남달랐기 때문이다.

로운은 날이 여러 개 달린 창과 무쇠 방패로 무장한 기사, 도하는 연발이 가능한 석궁을 둘러멘 궁사. 우주에게는 한쪽 팔 근육만 비정상적으로 우람한 캐릭터 피규어가 주어졌다. 지금까지와는 차원이 다른 기본 아이템이 손안에 들어왔으니, 사기가 넘치는 것도 무리는 아니었다. 세 사람은 힘차게 파이팅을 외치며 귀가를 서둘렀다.

하지만 막상 대용의 악몽으로 들어간 세 사람은 난감한 표정으로 서로를 마주 볼 수밖에 없었다.

"어, 이거 움직이잖아?"

"위쪽으로 올라가고 있는 거 같아."

"시작이 꽤 독특하네. 케이블카 안이라니."

한낮의 창밖을 내다보니 사방이 온통 새하얀 눈으로 덮여 있었다. 세 사람 역시 눈처럼 하얀 방한 점퍼와 바지, 두툼한 장갑에 고글 그리고 스노보드까지 착용한 상태였다. 복장으로 보나 풍경으로 보나 스키장이 분명했다.

실망에 빠진 도하가 툴툴거렸다.

"뭐야, 영화 주인공처럼 멋지게 등장할 줄 알았는데."

갑옷과 투구 대신 점퍼와 고글이 부착된 헬멧이라니. 기본 아이템과 전혀 어울리지 않았다. 날랜 손놀림으로 화면에 뜬 보관함을 터치해보니 다행히 무기는 들어 있었다. 안도하는 사이 어느덧 정상에 도착한 세 사람은 어기적거리며 케이블카에서 내렸다.

"잠깐만, 슬로프가 안 보이는데?"

도하가 의문을 제기하고 나서야 두 사람도 새삼 주변을 둘러보았다. 그러고 보니 스키장이라고 하기엔 나무가 훨씬 더 많은 것이, 꼭 야산에 가까운 경관이었다.

로운은 석연치 않다는 듯 중얼거렸다.

"이런 데서 알파인보드라……."

"알파인? 겉으로만 봐서는 평범한 스노보드 같은데, 그

건 뭐가 달라?"

도하의 질문에 딴생각에 빠져 있던 로운이 한 박자 늦게 대답했다.

"아, 이건 레이싱에 특화된 보드야. 다른 보드에 비해 길이도 길고 폭도 좁아서 단단한 눈에서도 빠르게 방향 전환할 수 있도록 만들어졌거든."

"와, 끝내주네."

"도하 네가 끝날지도 몰라."

"내가 왜?"

"알파인보드는 일반 보드랑 달라서 컨트롤하려면 체력 소모도 심하고 힘과 집중력도 필요해. 초보자가 타기엔 위험해서 숙련자만 탈 수 있고. 너 보드 잘 타?"

"내가 말을 안 해서 그렇지, 게임 다음으로 자신 있는 게 스노보드거든."

"그럼 됐고. 나우주, 너는?"

"나도 가족이랑 매년 겨울마다 스키장 가서 익숙해."

로운은 입술을 얄따랗게 맞물고 두 사람을 번갈아 바라보았다.

"다들 어느 정도는 타는 거 같네. 그런데 난 왜 이렇게 찜찜하지?"

"이 보드는 처음이지만 몸 풀리면 금방 적응할 테니까 걱정 마."

"나도 상급자 레벨이라 괜찮을 거야. 이래 봬도 운동신경은 나쁘지 않은 편이라서."

도하와 우주는 각자의 실력을 어필해보았지만, 로운은 쉽게 근심을 거두지 못하는 듯 보였다. 그 모습이 마뜩잖은 듯 도하가 버럭 역정을 냈다.

"뭐 때문에 그러는데?"

"생각해봐. 눈 덮인 숲속에서 스노보드를 탄다는 게 얼마나 위험천만한 일인지. 더욱이 기본 아이템이나 우리가 찾아낸 아이템 제외하고 보너스 아이템이 주어진 상태로 시작하는 건 처음 있는 일이잖아. 이렇게 술술 풀릴 리가 없어. 불길해."

로운의 말은 제법 설득력이 있었으나 걱정한다고 해결되는 건 없었다.

"재수 없는 소리 그만하고, 기본 아이템이나 장착하자."

도하는 보관함에서 꺼낸 석궁과 활주머니를 어깨에 둘러멨다. 로운도 심란한 표정을 지으며 창과 방패를 꺼내 들었다.

"어? 난 아이템 클릭했는데 아무것도 안 나와. 왜 이러지?"

우주의 화면엔 '핵주먹'이라는 명칭과 함께 강철 장갑 아이콘이 떠 있었다. 고개를 갸우뚱하며 다시 한번 아이콘을 터치하니 동시에 커다란 전광판이 나타났다.

**선택한 아이템이 이미 장착되었습니다.**

우주는 양손을 거듭 확인해보았다. 장착된 게 없었다. 케이블카에서 끼고 있던 장갑 그대로였다. 도하와 로운이 낀 장갑과 비교해도 모양이며 색깔까지 판박이어서 별다른 특이점을 찾을 수 없었다. 어딜 봐서 이게 핵주먹이라는 건지, 의구심을 떨치지 못한 우주가 시험 삼아 옆에 있는 나무 기둥을 주먹으로 툭 쳐보았다. 그러자 성인 몸통보다 굵은 나무가 쿵 하고 쓰러지더니 작은 눈보라가 일어났다.

"헐."

쩍 벌어진 우주의 입에서 하얀 입김이 새어 나왔다. 나머지 두 사람도 얼빠진 채 우두커니 서 있었다.

**패시브 스킬이 추가되었습니다.**

"오, 나우주. 기본 아이템인 줄 알았는데 패시브 스킬이래!"

도하가 호탕하게 웃으며 우주의 어깨를 퍽퍽 두드렸다. 그때 입술에 손가락을 가져댄 로운이 기민하게 주위를 살폈다.

"잠깐만."

별안간 얼음이 된 두 사람도 슬그머니 좌우를 둘러보았다. 몇 초 지나지 않아 새 한 마리가 푸드덕 날갯짓하며 숲속을 가로질러 하늘로 날아갔다.

"아, 심장이야……."

잔뜩 힘이 들어갔던 도하의 어깨가 스르륵 가라앉았다.

"여기는 별거 없는 것 같으니까 움직여보자."

선두로 전진하는 로운을 따라 두 사람도 출발했다. 경사가 가파른 까닭에 내려가는 속도가 생각보다 훨씬 빨랐다. 곳곳에 있는 나무 사이를 아슬아슬 피해 가는 세 사람의 심장이 고동쳤다.

도하가 한껏 고양된 어조로 소리쳤다.

"이거 완전 대박인데!"

우주도 환호하며 구불구불한 산비탈을 미끄러지듯 날쌔게 내려갔다. 언제나 그렇듯 흥분한 두 사람을 진정시키는 일은 로운의 몫이었다.

"까불거리다 다치지 말고 집중해!"

그나마 도하와 우주의 스노보드 실력이 허풍이 아니라서 안심이었다. 그렇다고는 해도 한가하게 칭찬이나 하고 있을 때가 아니었다. 스키장에 놀러 온 거라면 몰라도 지금은 악몽 속에 들어온 만큼 경각심을 유지해야 했다. 도하와 우주가 늘 그 사실을 망각한다는 게 문제지만.

거침없이 눈길을 내려가던 세 사람은 평지에 이르자 잠시 멈춰 섰다. 산 중턱도 채 오지 못한 것 같은데, 너도나도 지친 기색이 역력했다.

"장난 아니네. 우리 언제까지 이거 타고 돌아다녀야 하는 거야?"

도하는 똑바로 서 있는 것조차 쉽지 않았다. 체력 소모는 물론 힘과 집중력이 요구된다는 로운의 말을 비로소 체감했다.

"나도 이거 당장 벗어 던지고 싶어."

우주도 어깻죽지를 움찔거리며 작게 한숨을 내쉬었다.

기진맥진하기는 매한가지였으나 로운은 이성적으로 행동하려 애썼다.

"이제 시작인데 벌써 그러면 어떡해. 도하, 지도 좀."

"여기."

도하는 한숨을 내쉬며 화면을 띄운 지도를 공유했다. 세 사람의 위치는 케이블카에서 내린 지점으로부터 약 400미터쯤 떨어진 곳이었다. 지도상으로 보니 숲 이외에 별다른 구조물은 포착되지 않았다.

"이 근방부터 수색해봐야 할 거 같다. 보드는 벗는 게 낫겠어."

로운의 말에 두 사람은 기다렸다는 듯이 스노보드를 발에서 분리했다.

"후, 좀 살 것 같다."

"나도."

스노보드를 벗어 던진 도하와 우주의 얼굴에 화색이 돌았다. 뒤늦게 보드를 벗은 로운이 헛웃음 짓던 그때, 숲 쪽에서 수상쩍은 기척이 느껴졌다.

로운은 입을 다물고 가만히 손을 들어 올려 일단 멈추라는 수신호를 보냈다. 아까와는 다른 낌새에 긴장한 두 사람도 마른침을 삼키고는 전방에 있는 수풀을 예의주시했다. 수풀 뒤편에 뭔가 있는 게 틀림없었다.

조용히 무기를 쥔 세 사람은 상체를 낮추고 한 발씩 서서히 다가가보았다. 해가 중천에 떠 있었지만 나무로 우거진 숲 쪽은 어두운 그늘이 드리워 있었다. 수풀에 근접하자 왠지 모를 오싹한 기운이 감돌았다. 숨통을 조여오는 고요 탓에 뼈가 움찔움찔 오그라드는 듯했다. 그 순간 수풀 안쪽에서 괴이한 소리가 들려왔다. 도저히 인간이 낼 수 있는 소리가 아니었다.

"크르르릉."

소리는 세 사람이 알아차리지 못하는 사이에 코앞까지 다가와 있었다. 주위를 둘러보니 번뜩이는 여러 개의 눈동자가 수풀마다 숨어 있었다.

도하가 갈라진 음성으로 소곤거렸다.

"우리…… 포위된 거 같은데?"

"그런 거 같네."

로운의 손바닥도 땀이 흥건하게 밴 상태였다. 세 사람은 약속이라도 한 듯 서로 등을 마주 대고 삼각 대형으로 섰다. 그렇지만 누구 하나 섣불리 나서지 못하고 팽팽한 대치 상황만 이어졌다. 시간이 갈수록 그르렁거리는 소리는 더 선명하게 들려왔다. 수풀의 바스락거림도 심상치 않았다. 일촉즉발의 상황에 세 사람은 수풀에서 시선을 떼지 못했다.

"크아앙!"

그때 갑자기 수풀을 헤치고 나온 검은 털의 짐승들이 포

효하며 세 사람에게 달려들었다. 늑대보다도 몇 배는 몸집이 큰 네 마리의 짐승들이 동시에 덮쳐오자 공황에 빠져버린 세 사람은 닥치는 대로 무기를 휘두르기에 급급했다.

괴수의 송곳니는 모든 것을 뚫어버릴 만큼 날카로워 보였고 눈동자는 핏물이 그득 고인 듯 시뻘건 색을 띠고 있었다. 보고 있는 것만으로도 위협적인 생김새였다. 혼비백산한 우주는 아예 눈을 감고서 몸부림치듯 주먹을 내둘렀다.

"저, 저리 가!"

"정신 차려!"

로운이 고함을 치기 무섭게 으르렁거리던 괴수 한 마리가 바짝 세운 발톱으로 그의 등을 내리갈겼다. 예리하고 강한 충격이 맥박수를 단박에 훅 끌어 올렸다.

세 갈래로 길게 찢긴 하얀 점퍼에서 핏물이 삐져나왔다. 두 사람이 괜찮냐고 물어볼 겨를도 없이 또 한 마리가 뾰족한 송곳니를 드러내며 높이 뛰어올랐다. 도하는 기함하며 놈의 몸통을 노려 석궁 방아쇠를 당겼다. 그러나 화살은 날아오른 짐승의 뒷다리와 허리에 박혔고 심지어 빗나간 화살도 많았다. 그래도 타격을 입었는지 짐승은 신음하며 뒷걸음질 쳤다.

로운은 그새를 놓치지 않고 젖 먹던 힘까지 짜내 반원을 그리며 창을 휘둘렀다. 짐승들도 놀랐는지 주춤거리며 하나둘 뒤로 물러났다. 임시방편으로 놈들을 떨어뜨리긴 했는데, 로운의 부상이 심각했다. 점퍼의 뒷면은 어느덧 피로 흠뻑 젖어 있었다. 말로는 버틸 수 있다고 했지만 그의 안색은 설산의 눈보다 허옇게 질려 있었다. 이대로는 승산이 없었다. 아니, 로운의 목숨도 장담할 수 없는 최악의 위기였다.

"하아……."

모두가 절망하고 있을 때, 일정한 간격을 두고 총성이 울려 퍼졌다. 소스라치게 놀란 세 사람이 눈만 끔벅이고 있을 때 어디서 날아왔는지 모를 총알에 맞은 짐승들이 단말마의 비명을 토하며 눈앞에서 픽픽 쓰러졌다. 사납게 달려들던 검은 털의 괴수들은 얼마 못 가 사지를 축 늘어뜨리더니 숨을 거두고 말았다. 상황 파악이 되지 않은 세 사람은 믿을 수 없다는 눈으로 사체들을 내려다봤다. 관통상을 입은 놈들에게서 흘러나온 피가 눈밭을 검붉게 물들이고 있었다.

"뭐가 어떻게 된 거야?"

허망해하는 우주의 질문에 답을 건넨 건 뜻밖의 인물이었다.

"너희, 사냥 안 해봤어?"

놀라움이 가시지 않은 세 사람의 시선이 닿은 곳에 양털로 된 후드 망토를 걸친 앳된 여자가 서 있었다. 한 손에는 산탄총을, 다른 한 손에는 죽은 지 얼마 안 된 것으로 추측되는 사슴의 앞다리를 쥐고 있었다. 자그마한 어깨 너머로 사람의 발자국과 사슴을 질질 끌고 오면서 생긴 듯한 혈흔이 흐릿하게 보였다.

세 사람은 입을 모아 물었다.

"누구세요?"

여자는 피식 웃으며 장난스럽게 대꾸했다.

"지나가는 사냥꾼이라고 해두지, 뭐."

도하는 당황한 나머지 두서없이 몰아붙였다.

"여긴 어떻게 들어온 거야? 대체 무슨 수로 들어온 거냐고."

"너희랑 같은 방법으로."

"그러니까 그 방법이 뭐냐고 묻잖아!"

여자가 로운에게로 눈길을 옮겼다.

"이러고 있을 시간에 저 애부터 치료해야 할 거 같은데."

"······."

할 말이 없어진 도하는 여자를 물끄러미 쳐다봤다. 그녀의 정체가 몹시도 궁금했지만 로운의 치료가 급선무라는 데 이견이 없었다.

"치료할 수 있기는 한 거야?"

여자는 의심의 눈초리로 쏘아보는 도하를 무심히 지나쳐 로운에게 다가갔다. 그러고는 상처 입은 그의 등에 가만히 손을 가져다 댄 채 두 눈을 감고 뭐라 웅얼거리자 작은 손바닥에서 도깨비불처럼 영롱한 빛이 새어 나왔다. 얼마쯤 지났을까. 피범벅이던 점퍼가 새것처럼 원래의 형태를 되찾았다. 로운의 두 뺨에도 발그레한 혈색이 돌기 시작했다. 그 광경을 눈앞에서 지켜본 도하와 우주는 꿈속에 있는데도 또 다른 꿈을 꾸는 것처럼 정신이 몽롱해졌다.

"치료 끝났어. 움직여봐."

고압적인 말투는 아니었으나 어쩐지 거스를 수 없어서 로운은 여자의 지시에 따라 순순히 몸을 움직였다. 신기하게도 감쪽같이 통증이 사라져 있었다.

"너 뭐야?"

"생명의 은인이라고 하지, 보통? 감사 인사는 됐고, 회복했으면 이제 사냥하러 가자."

"이놈들 말고 더 있단 소리네."

"우리 사냥감은 이딴 조무래기가 아니라 더 센 놈들이거든.”

“우리?”

“어차피 너희 실력으론 그놈들 못 잡아. 쭉 지켜봤는데 엉망진창이더라. 무기가 있으면 뭐 해, 제대로 쓸 줄도 모르는데. 속 터져 죽을 뻔했잖아.”

“그래서 네 계획은 뭔데?”

엉망진창이라는 말에 욱하는 마음이 들었지만, 따지고 보면 틀린 말도 아니라서 우선은 따르기로 했다. 게다가 그 괴수들을 잘 아는 것 같기도 했고.

여자는 고민할 필요도 없다는 듯 간단하게 답했다.

“계획? 먹잇감을 던진다, 그사이에 놈들을 몰살한다, 끝.”

“먹잇감이라는 게 혹시…….”

로운이 눈밭 위에 덩그러니 놓인 사슴을 쳐다보자 여자는 가볍게 고개를 끄덕였다.

“미끼는 미끼일 뿐이야. 사냥은 사냥꾼이 하는 거니까. 아무리 좋은 총을 갖고 있다고 한들 실력과 전략이 없으면 실패는 불 보듯 뻔하단 소리지. 석궁은 근거리보다 장거리에서 쏠 때 더 효과적이야. 창은 근접했을 때 치명타를 날릴 수 있고. 그리고 너.”

여자는 콕 짚어 지목하듯 우주에게 시선을 고정했다.

"나?"

"그래, 너. 왜 이렇게 겁이 많아? 셋 중에서 제일 좋은 무기를 갖고 있는데 말이야. 답답하다, 답답해."

"그게 뭔데?"

"너 원래 고통 못 느끼잖아."

"그걸 네가 어떻게……."

"알 거 없고. 그리고 그 장갑, 나무만 쓰러뜨릴 수 있는 거 아니야. 다쳐도 바로 회복되는 기능이 그 장갑에 포함돼 있어. 그러니까 무서워하지 좀 말라고."

"언제부터 우릴 지켜본 거야?"

**악몽이 30분 뒤에 종료됩니다.**

"차차 알게 될 거야. 일단 지금은 사냥에만 신경 쓰는 거 어때? 카운트다운 시작됐네."

여자의 말에 일제히 전광판을 올려다본 세 사람은 당황할 수밖에 없었다.

여자가 다시 입을 열었다.

"놈들은 북쪽으로 300미터쯤 가면 있을 거야. 거기가 은

신처거든. 그리고 승리하려면 합을 맞추는 게 관건이라는 거 기억해둬. 난 먼저 가서 준비하고 있을 테니까 너희도 그거 타고 빨리 따라와.”

도하는 이해되지 않는다는 듯 물었다.

“넌 뭘 타고 갈 건데?”

지형도 험한 설산을 도보로 300미터나 가려면 시간이 한참 걸릴 텐데 먼저 가 있겠다니 어이가 없었다. 그것도 무거운 사슴까지 데리고서. 혹여 스노모빌이라도 숨겨뒀나 싶어서 주위를 빙 둘러보았지만 그런 건 어디에도 보이지 않았다. 여자도 쓰러져 있던 사슴을 데리고 어느 순간 사라지고 없었다.

짐승들의 은거지에 도착한 세 사람은 민첩하게 덤불 뒤에 숨어 놈들의 동태부터 살폈다. 여자의 말대로, 무리를 이룬 네 마리는 아까 그 녀석들과는 비교되지 않을 만큼 덩치가 컸다. 그중에서도 유난히 표독스러운 기운을 띠고 있는 한 마리가 우두머리인 것 같았다. 독기 어린 눈빛에 압도당한 세 사람은 저도 모르게 움츠러들었지만, 같은 실수를 반복하지 않으려 마음을 굳게 먹었다.

로운이 단호한 어투로 두 사람을 독려했다.

“이번엔 정신 줄 단단히 붙잡고 싸워보자.”

"내가 작전을 한번 짜봤는데, 이러면 어떨까?"

도하는 비밀 이야기를 하듯 속닥거리며 작전 내용을 들려주었다. 다행히 로운과 우주도 반색하며 엄지손가락을 치켜세웠다.

"돌이켜보면 우리도 참 대책 없이 싸워왔어."

우주는 승리하려면 합을 맞추는 게 관건이라고 했던 여자의 조언을 떠올렸다.

"다들 초보니까, 경험치 쌓으면서 하나씩 배워간다 생각하자고. 그럼 슬슬 나가볼까?"

로운의 말에 두 사람은 눈을 반짝이며 응, 하고 답했다.

심기일전한 세 사람은 덤불 위로 고개를 살며시 내밀었다. 마침 10미터쯤 앞 느티나무 가지에 걸터앉은 여자의 모습이 눈에 띄었다. 밧줄로 목을 칭칭 감은 사슴의 사체를 조심조심 나무 밑으로 내리는 중이었다. 미리 가서 준비하고 있겠다더니 정말이었다.

어떻게 먼저 도착했는지는 알 길이 없으나 기왕 한배를 타게 된 이상 전적으로 여자를 믿어보는 수밖에 없었다. 얼마 지나지 않아 세 사람의 시선을 눈치챈 그녀가 보디랭귀지로 사인을 보내왔다. 대충 해석해보면 '사슴을 내리고 나서 밧줄을 자를 테니, 그때 공격을 시작해'라는 뜻인 듯했다. 세 사람은 머리 위로 양손을 올려 ○ 자를 만들어 보였다. 화답을 받은 여자는 손가락으로 셋, 둘, 하나를 표시한 뒤 밧줄을 단도로 싹둑 끊어버렸다.

사슴이 지면에 떨어지자마자 굶주린 짐승들이 득달같이 몰려들었다. 침을 질질 흘리고 한 입이라도 더 먹으려고 서로 으르렁거리는 사이, 용수철처럼 튀어 나간 도하는 미리 봐둔 바위 꼭대기까지 단숨에 뛰어올라 맹수 무리를 향해 석궁을 연이어 쏘아댔다. 빗발치는 공격에 당황한 놈들은 서로 뒤엉킨 채 이리저리 날뛰기 시작했다. 도하는 기세를 몰아 연속해서 방아쇠를 당겼다. 바람을 탄 화살은 더욱 위력적으로 날아가 짐승들의 몸통에 깊숙이 꽂혔다.

"지금이야!"

도하가 신호를 보내자, 우주와 로운도 짐승들을 향해 쾌속으로 전진했다.

도하가 엄호하는 동안 우주와 로운이 두 마리씩 맡자는 작전을 되새기며, 각자 근거리에 있는 맹수를 타깃 삼았다. 남은 시간이 그리 많지 않아 놈들이 도망치기라도 한다면 큰일이었다. 조급해진 로운은 높게 들어 올린 창으로 놈의 심장부를 강하게 내리찍은 다음, 빠르게 빼내고 창날로 목덜미를 길게 베었다. 댕강 잘려 나간 맹수의 커다란 머리

통이 로운의 발밑으로 굴러왔다. 이제 겨우 한 놈 처리했는데, 곧바로 또 한 마리의 검은 짐승이 흉포하게 덤벼들었다. 로운은 이번엔 놈의 뒷다리 쪽으로 창을 휘둘러 몸이 앞으로 쏟아지게 하고는 단번에 급소를 찔렀다.

"후우……."

이마에는 비 오듯 땀이 쏟아지고, 호흡은 턱까지 차올랐다. 얼굴 여기저기에 튀긴 피를 대강 닦아낸 그는 아득한 정신으로 명을 다한 짐승의 몸뚱이에서 창을 빼냈다.

한편 우주는 도하의 엄호 덕에 비교적 수월하게 한 놈을 해치우는 데까진 성공했지만, 우두머리를 상대하느라 고전을 겪고 있었다. 로운이 발 빠르게 합류하여 놈의 허벅지에 세 개의 날이 달린 창을 끝까지 밀어 넣었다.

"크아앙!"

우두머리 괴수는 고통스러운 비명을 지르면서 발악하듯 큼지막한 앞발을 휘둘렀다. 흠칫한 우주가 얼른 상체를 숙이며 옆으로 피하던 그때, 그대로 있으라는 외침과 함께 도하가 쏜 여덟 개의 화살이 괴수에게로 향했다. 온몸에 숱한 화살이 박히고도 기세가 꺾이지 않던 놈이 웬일인지 정신을 차리지 못하고 갑자기 휘청거렸다. 놈의 동공에 명중한 화살 때문이었다. 괴수의 중심이 무너진 순간을 놓칠세라 우주는 돌덩이처럼 강인한 턱을 겨냥해 회심의 일격을 날렸다.

응축된 힘이 실린 주먹 한 방에 괴수는 나가떨어졌다. 눈밭에 납작 엎드린 육중한 전신이 부들부들 떨리고 있었다. 앓는 소리를 내며 불쌍한 척하는 꼬락서니를 보고 있자니 더욱 화가 치민 우주는 눈을 희번덕거리며 달려가 그대로 대가리를 짓뭉개듯 내리쳤다. 괴수의 입가에서 피가 주르륵 흘러내렸다. 커다란 앞발도 이내 움직임을 멈췄다. 그런데도 분이 풀리지 않은 듯 우주는 다시금 주먹을 번쩍 치켜들었다. 살의가 가득 찬 표정이었다.

**악몽이 3분 뒤에 종료됩니다.**

전광판을 확인한 로운이 허둥거리며 달려와 이성을 잃은 우주의 팔목을 붙잡았다.

"이제 끝났어, 우주야. 그만해."

로운의 만류에 겨우 제정신으로 돌아온 우주는 가쁜 숨을 몰아쉬었다. 어느새에 다가온 도하도 그의 어깨를 토닥이며 진정시켰다.

"우주야, 저기 봐봐."

도하가 가리킨 방향으로 고개를 돌리자 사슴이 있던 자리에 대용이 누워 있었다. 부스스 눈을 뜬 대용은 상반신을 일으키고는 멍한 얼굴로 두리번거렸다.

**악몽이 1분 뒤에 종료됩니다.**

　지칠 대로 지친 세 사람은 터덜터덜 걸음을 옮겼다. 우주는 한쪽 장갑을 벗어 대용에게 손을 내밀었다. 우주의 손을 잡고 일어선 대용의 순한 눈망울이 물기로 젖어 있었다.
　"대용아, 집에 가자."
　우주의 한마디에 대용은 눈물을 와락 쏟아냈다. 환희와 안도, 설움과 고독, 아픔이 뒤섞인 복잡한 눈빛이었다. 하늘에서는 눈이 펑펑 내리기 시작했다.
　차원의 문이 열린 것을 발견한 로운이 여느 때처럼 덤덤하게 말했다.
　"얼른 나가자. 난 추운 거 딱 질색이라."
　목화송이처럼 탐스럽게 내리는 함박눈 사이로 전광판이 나타났다.

**악몽이 완료되었습니다.**

그 무렵, 나무 위에서 모든 상황을 쭉 지켜본 여자는 입가에 야릇한 미소를 띠고 있었다.

*

다음 날 비슷한 시간에 등교한 세 사람이 책가방을 풀고 자리에 앉았다. 때마침 대용이 다가와 인사를 건넸다. 하루 만에 사람이 저렇게 달라질 수 있을까 싶을 정도로 활기찬 모습이었다. 그에 비해 세 사람은 하나같이 초췌해 보였다. 입술은 부르트고 피부는 까칠했으며 눈가는 며칠 밤을 꼬박 새운 사람처럼 거무튀튀했다. 어느 때보다 격렬했던 악몽의 후유증이었다. 마치 현실에서 싸움을 치른 것처럼 온몸이 뻐근하고 욱신거렸다. 극심한 피로도 가시지 않았다.

"진짜 하얗게 불태웠는데, 이 서운함은 뭐냐?"

책상에 엎드린 도하가 잠꼬대하듯 어눌한 발음으로 말했다. 대용이 어젯밤 일을 전혀 기억하지 못한 까닭이다.

"기억 안 나면 더 좋은 거지. 복수도 했고, 걱정 인형도 줬으니까 우리 임무는 마친 거잖아."

"난 당장 조퇴하고 싶다. 눈이 안 떠져."

우주와 로운 역시 졸음과 사투를 벌이느라 대화가 좀체

이어지지 않았다. 담임선생님이 앞문을 드르륵 열고 들어온 후에도 세 사람은 비몽사몽이었다. 그때 낯선 여학생 한 명이 교실로 들어왔다. 아이들이 웅성거리자 담임선생님은 출석부로 교탁을 탁탁 두드리고는 높은 톤으로 말했다.

"자, 주목! 얘들아, 우리 반에 새로운 친구가 오게 됐어. 학기 중에 전학 와서 적응하기 힘들 테니까 잘 챙겨주고. 자기소개는 직접 하는 게 좋겠지?"

전학생은 덤덤하게 인사했다.

"주하온이라고 해."

지나치게 간결한 자기소개에 무안해진 담임선생님은 헛기침하며 빈 책상을 가리켰다.

"큼큼, 저기 맨 끝에 있는 창가 자리."

"네."

무표정의 그녀가 책상 사이를 지나가는 동안 교실이 또 한 번 술렁였다.

"연예인 지망생인가 봐. 분위기 장난 아니다."

"인형인 줄."

그러거나 말거나 전학생은 로봇처럼 걸어가 담임선생님이 가리킨 자리에 조용히 앉았다. 로운의 옆자리였다. 전학생을 한눈에 알아본 세 사람은 잠이 확 달아났다. 일시에 뒷목을 세게 얻어맞은 것처럼 머리가 띵해지는 찰나 1교시를 알리는 종소리가 울렸다.

# 몽마와 전학생

세 사람은 하온에게 말을 걸기 위해 호시탐탐 기회를 노렸다. 그러나 내내 아이들에게 둘러싸여 있는 그녀에게 접근하는 건 그리 만만한 일이 아니었다. 로운은 하는 수 없이 방과 후 실내 체육관에 있는 동아리실로 오라고 적은 쪽지를 하온에게 슬쩍 전달했다.

지루한 수업 시간이 지나고 종례까지 마친 세 사람은 부리나케 별관으로 이동했다. 실내 체육관 구석에 위치한 동아리실은 기존에 있던 물품 창고를 쪼개어 만든 탓에 협소했다. 하지만 '나이트메어 플레이어' 동아리 활동을 하기에 오히려 최적의 장소였다. 눈에 잘 띄지도 않을뿐더러 방과 후에 딱히 출입하는 사람도 없어서 민감한 상담 내용이 유출될 염려를 덜 수 있었기 때문이다.

부실의 문은 항상 열쇠로 잠가두었다. 아무리 훔쳐 갈 게 없다 한들 누군가 몰래 드나드는 건 불쾌한 일이었으니까. 그런데 어찌 된 일인지 잠겨 있어야 할 문이 조금 열려 있었다. 문손잡이와 열쇠 구멍을 살펴보았으나 강제로 개방한 흔적은 없었다.

불길한 예감에 휩싸인 로운의 명치끝이 따끔거렸다. 도하와 우주의 눈매도 가늘어졌다. 마음 졸이며 안으로 한 발 들어서자, 낯익은 실루엣이 세 사람의 눈길을 사로잡았다. 하온이었다.

도하가 대뜸 고성부터 내질렀다.

"야, 누가 허락도 없이 막 들어오래? 그보다 어떻게 우리보다 먼저 온 거야?"

세 사람은 교실에서 나오기 전, 그녀가 자리에 앉아 있는 걸 두 눈으로 똑똑히 확인했다. 의구심이 생기는 건 당연한 이치였다.

"조용히 좀 말하면 안 돼? 어우, 시끄러워."

창가 쪽으로 등지고 서 있던 하온이 느릿하게 돌아섰다. 흑단처럼 검고 부드러운 머릿결, 도화지처럼 흰 피부, 아몬드색 눈동자. 무엇보다 세상만사를 전부 꿰뚫어 보는 것만 같은 신비로운 저 눈빛까지. 지금은 교복 차림이지만 악몽

속에서 후드 망토를 입었던 여자가 틀림없었다.

　도하가 몸으로 문을 막아서며 말했다.

　"대답이나 해. 또 어물쩍 딴소리할 생각 말고."

　의혹이 풀릴 때까지 한 발짝도 나갈 수 없다고 엄포를 놓듯 단호한 태도였다. 그러나 하온의 말투 또한 만만치 않게 단호했다.

　"대답하기 전에 조건이 있어."

　네 사람 사이에 말로는 설명하지 못할 팽팽한 긴장감이 맴돌았다. 내키지 않았지만 도하는 한 차례 양보하기로 했다. 대답은 들어야 했으니 말이다.

　"뭔데?"

　"날 부원으로 받아줘. 그럼 너희가 궁금해하는 거 다 얘기해줄게."

　도하가 숨찬 목소리로 물었다.

　"자, 잠깐만. 우리 동아리의 부원이 되고 싶다고?"

　얼토당토않은 제안에 세 사람은 의아했다. 하온이 보통 사람이 아니라는 건 눈치챘지만, 새로운 부원을 받아들이는 것에 대해서는 한 번도 생각해보지 않았던 터라 어떻게 반응해야 할지 알 수 없었다.

　하온은 당돌한 표정으로 반문했다.

"나 정도면 자격 요건은 갖춘 것 같은데, 무슨 문제 있어?"

"문제라기보다, 어째서 동아리에 들어오고 싶은 건지 모르겠어서."

"말했잖아, 너희 실력으론 어림도 없다고."

"어제 우리가 이겼는데 뭔 소리야?"

"내가 안 도와줬으면? 그래도 너희 힘으로 이길 수 있었을까?"

"그거야, 뭐……."

말문이 막힌 도하는 주먹으로 입을 가리고 헛기침했다.

"죽을 뻔했던 애를 살려준 건 또 누구였더라?"

이번에는 가만히 있는 로운에게 불똥이 튀었다. 로운의 얼굴에 당황하는 빛이 어른거렸지만, 애써 태연한 척하며 되받아쳤다.

"그러니까 네 말은, 우리를 돕기 위해서 부원이 되고 싶다?"

"더 정확히 말하자면 너희와 함께 악몽에 맞서고 싶어."

"주하온이라고 했나? 혹시나 해서 묻는 건데, 너도 그 잡화점 할머니한테 마니차 샀어?"

"그게 뭔데? 그보다 나 아직 확답 못 들었거든? 부원으로 받아줄 거야, 말 거야?"

하온이 채근하자 로운은 넌지시 시선을 옮겼다. 도하, 우주와 무언으로 의사를 교환한 로운은 작게 고개를 끄덕였다. 그러고는 다시 정면으로 그녀를 마주 보며 말했다.

"예정에는 없었지만, 신입 부원이 된 걸 환영한다."

하온은 찰랑이는 긴 머리를 어깨 뒤로 넘기고 픽 웃었다.

"영혼 없는 환영 인사, 잘 받을게."

계속 교내에 남을 수 없던 네 사람은 일단 학교 밖으로 나왔다. 그러나 막상 학교를 벗어나니 갈 만한 곳이 떠오르지 않았다. 누구의 방해도 받지 않고 긴밀한 대화를 나눌 수 있는 장소가 어디일까 고민하고 있을 즈음, 로운이 자기 집으로 가자며 앞장섰다. 엄마는 오늘도 늦게 퇴근할 테니 상관없다면서.

로운이 사는 아파트에 도착한 네 사람은 거실에 모여 앉아 오는 길에 사 온 햄버거와 감자튀김으로 허기를 채운 뒤 본론으로 들어갔다.

단단히 벼르고 있던 도하가 대화의 물꼬를 텄다.

"주하온, 조건은 들어줬으니까 이제 네가 답할 차례야."

하온은 마지막 남은 감자튀김을 입안에 쏙 넣으며 흔쾌히 응했다.

"좋아, 뭐든 물어봐."

도하는 침 한 모금을 억지로 삼켰다. 갑자기 물어보려니 쌓여 있던 의문이 뒤죽박죽 뒤엉키고 말았다.

우물쭈물하는 도하를 대신해 로운이 물었다.

"너, 정체가 뭐야?"

"예상하고는 있었지만 역시 훅 들어오네. 어디서부터 말을 꺼내야 할지……."

"사연이 꽤 복잡한가 봐?"

"사연도 사연인데 너희가 내 말을 믿어줄지 아직 확신이 안 서서."

"우린 이미 꿈에서 만난 사이야. 다른 사람이라면 몰라도 우리가 네 말을 믿지 못할 이유는 없지 않나?"

"그렇기는 하네."

"사연은 됐고, 우리가 알고 싶은 건 너의 정체와 속셈이야. 남의 악몽에 난데없이 나타난 것도 어이없는데 오늘 아침엔 우리 반으로 전학까지 왔잖아. 꼭 처음부터 모든 걸 계획하고 있었던 것처럼."

악몽에 난입한 하온은 세 사람의 존재를 이미 알고 있었다. 그리고 세 사람이 위기에 처하자 기다렸다는 듯 도움을 준 걸로도 모자라 로운을 치료해주기까지 했다. 그런데도 일련의 사건들이 계획이 아니었다고 발뺌할 수 있을까.

내내 잠잠하던 도하가 끼어들었다.

"아, 맞다. 너 분명히 우리랑 같은 방법으로 악몽에 들어왔다고 했어. 마니차 산 적 없다며. 이건 어떻게 해명할 건데?"

질문이 쏟아지자 하온의 머릿속이 정전된 것처럼 껌껌해졌다. 뭐든지 대답하겠다며 호언장담했지만 입이 떨어지지 않았다. 이들이 내 말을 곧이곧대로 믿어줄까? 모든 이야기를 듣고 난 후에도 같은 편이 되어줄 수 있을까? 도리어 적으로 돌아서는 계기를 심어주는 건 아닐까? 의심과 믿음이 청군과 백군처럼 편을 나누어 공방을 벌이는 중이었다.

도하는 포기를 모르는 빚쟁이처럼 집요하게 독촉했다.

"주하온, 다 말해준다며. 시간 끌지 말고 빨리 대답해 줘."

"어디 안 가니까 생각할 시간 몇 초만 줘."

하온은 눈을 감고 천천히 심호흡했다. 눈두덩이 욱신거렸고 귓속에는 이명이 울렸다. 다시 눈을 뜨자, 자기 얼굴만 들여다보는 세 사람의 모습이 시야 가득 들어왔다. 어서 진실을 알려달라고 시위라도 하듯 긴박하고도 진지한 표정이었다.

"이로운, 네가 그랬지? 내 말 못 믿을 이유가 없다고. 내가 지금부터 믿기지 않는 이야길 할 건데, 만약 내 말을 믿는다면 너희의 궁금증은 저절로 풀릴 거야. 그런데 그게 끝내 열지 말았어야 하는 판도라의 상자가 될 수도 있고……."

"제발 부탁인데 그냥 좀 얘기하면 안 될까?"

도하의 끈질긴 재촉에 하온은 남아 있던 한 톨의 잡념마저 털어내며 어렵사리 말을 꺼냈다.

"너희 몽마(夢魔)라고 들어본 적 있어?"

보아하니 다들 모르는 눈치였다. 하온은 마른침을 한 모금 삼킨 뒤 이야기를 이어갔다.

"몽마는 말 그대로 꿈의 악마야. 악몽의 설계자기도 하고."

로운이 자세를 고쳐 앉으며 심각한 투로 되물었다.

"악몽의 설계자?"

"모든 악몽의 배후에는 몽마가 있어. 너희를 괴롭히는 악몽도 마찬가지고. 악몽은 다른 꿈과는 달라. 꿈의 형태로 발현되어 사람들에게 지속적인 고통을 주거든. 자괴감, 모멸감, 분노, 원망, 죄책감, 뒤틀린 욕망, 슬픔, 환멸 같은 정신적 고통 말이야. 악몽이 반복되면서 얻게 되는 정신적 고통은 일상을 파괴하기 시작해. 다른 사람과의 관계는 점차 단절되고, 더 심한 경우엔 완전히 고립돼버려. 고립의 끝은 극단적 선택이고."

"극단적인 선택이라면……."

"악몽에서 끝내 벗어나지 못한 사람들의 최후는 스스로 생을 마감하는 거야. 그게 악몽의 설계자인 몽마가 가장 바라는 일이기도 하고."

"뭐 때문에?"

"악마한테 명분이 필요할까? 이 세상을 악의 힘으로 지배하고자 하는 목표만 있을 뿐이지."

"그러니까, 몽마는 자신의 세력을 위해 악몽을 설계한다?"

"악몽은 인간이 가장 나약하고 무력한 순간에 불쑥 찾아오거든. 악몽을 설계하기 가장 좋은 타이밍이지. 나약하고 무력한 인간은 최고의 먹잇감이고. 몽마는 그들을 먹이 삼아 지금까지 악의 세력을 확장해왔어."

하온의 말에 한동안 무거운 침묵이 흘렀다.

"그래, 네 말이 전부 사실이라고 치자. 넌 그런 걸 어떻게 아는 건데?"

"나는……."

하온은 송곳니로 입술 안쪽을 잘근잘근 씹었다. 또다시 머릿속에서 청군과 백군이 싸우기 시작했다. 이번에는 너무 박빙이라 어느 편이 승기를 거머쥘지 알 수 없었다. 이야기를 이쯤에서 그만둬야 할까, 아니면 계속하는 게 맞는 걸까. 갈피를 잡을 수 없던 그때 로운이 날카롭게 눈을 치뜨고 물었다.

"너도 몽마랑 무슨 관련이 있는 거야?"

하온은 조금 놀라긴 했지만 한편으론 그렇게 물어줘서 다행이라는 생각도 들었다. 어느덧 청군과 백군은 물러가고 오롯이 하온의 목소리만 남았다. 드디어 결단을 내린 긴 세월 철저히 감춰왔던 비밀을 털어놓았다.

"난 몽마인 아빠와 인간인 엄마 사이에서 태어난 반인반마야."

"뭐?"

자연스러운 반응이었다. 이런 이야기를 듣고도 놀라지 않는다면 그게 더 놀라운 일이니까. 그다음 반응까지는 확신할 수 없었지만, 자신들의 악몽을 설계한 몽마의 딸이라는 이유로 응징할 가능성도 있었다.

"반전이네. 나 지금 충격 받아서 표정 관리가 안 돼. 그럼 딱 하나만 묻자. 몽마의 딸이라면서 우린 왜 도와준 거야?"

파리해진 도하 얼굴에 진한 배신감이 묻어났다.

"나도 아빠 일을 누구보다 반대하니까."

"아빠랑 별로 안 친하구나……. 야, 지금 장난해? 뭐 하자
는 거냐?"

"몇 번을 말해? 너희와 같은 편이 되어서 악몽에 맞서고
싶다고. 부원으로 받아달라고 한 것도 그 때문이고. 아빠를
막으려면 너희의 도움이 꼭 필요해."

"그 말을 어떻게 믿어? 부녀가 짜고 파놓은 함정일지도
모르는데."

"내가 만약 아빠 편에 섰다면 너희를 도와주지 않았을
거야. 아빠, 아니 몽마 입장에서 볼 때 너희 세 사람은 아주
귀찮은 방해꾼이니까. 그런데도 내가 너희랑 같이 싸웠다
는 건 무슨 뜻일 거 같은데?"

하온이 목에 핏대까지 세워가며 피력하는 걸 보면 거짓
은 아닌 듯했다. 말하는 동안 그녀의 눈동자는 한 번도 흔
들리지 않았다. 이를 유심히 관찰한 우주가 진중하게 입을
뗐다.

"하온아, 우리랑 같은 편에서 싸운다는 게 무슨 뜻인지
는 알고 있어? 아무리 악마라지만 너의 혈육인 아빠한테
대적하는 일이잖아."

"너희가 나타나기 전부터 나는 혼자 계속 싸워왔어. 너희와 다른 점은 의뢰를 받은 사람의 악몽으로 들어가는 게 아니라, 다른 사람의 악몽이 내 꿈에 나타난다는 거지. 어제도 그랬어. 거기서 너희와 만났을 뿐이고."

하온의 말에 세 사람 모두 갸우뚱했다. 조소를 머금은 도하가 반발했다.

"결국 우연히 우리를 만났다는 소린데, 처음 만난 우리에 대해 다 알고 있었다고? 말이 돼?"

무엇보다 이것만큼은 확실하게 짚고 넘어갈 문제였다.

"난 개인의 능력치를 볼 수 있어. 순간 이동이나 치유, 그밖에도 여러 능력이 있고. 육백 년 동안 갈고 닦은 기술이니까 너희 식으로 표현하면…… 패시브 스킬 정도겠네. 이정도면 설명이 됐을까?"

"육백 년이라고? 뭐야, 그 말은 네가 육백 살이라는 거?"

"정확히는 구백 살이긴 한데, 지금은 열일곱 살의 모습으로 살고 있으니까 존댓말은 안 해도 돼."

"어디서부터 어디까지 믿어야 하냐? 어질어질하네."

도하는 농담이 아니라, 실제로 어찔한 현기증을 느꼈다.

하온은 힘주어 말했다.

"내가 말한 전부."

그러고는 세 사람의 표정을 찬찬히 살펴보았다. 여전히 혼란스러워하는 기색이었으나 적어도 응징할 생각은 없는 듯 보였다. 자신을 괴물 취급하지 않는 것만으로도 하온은 충분했다. 이들이 온전한 동료가 되어줄지는 미지수였지만 어쨌거나 주사위는 던져졌으니 기다리는 일만 남았다. 어리둥절하고 불안한 모습의 세 사람은 과연 어떤 답을 내놓을지. 그들을 바라보는 하온의 눈동자도 파도처럼 너울거렸다.

*

일단 하온을 돌려보낸 세 사람은 밤늦도록 토론을 이어 갔다. 하지만 좁혀지지 않는 의견 차이로 좀처럼 결론이 나지 않았다.

"정도하, 너도 걔를 부원으로 받아들이는 데 찬성했잖아."

로운의 입술 사이에서 바람 빠지는 소리가 새어 나왔다. 도하가 고집부리지만 않았어도 진즉에 끝났을 회의였다.

"부원으로 받아준다고 했지, 악몽에 같이 들어가자는 말은 한 적 없는데?"

도하는 요지부동이었다.

"그런 말장난이 어디 있어? 주하온이 동아리 명단에 자기 이름이나 올리자고 이런 조건을 제시한 게 아니잖아. 그 조건을 수락한 사람은 바로 너고. 이제 와서 딴소리하는 이유가 뭐야?"

"주하온이 그런 어마어마한 출생의 비밀을 가진 줄 아까는 몰랐으니까."

"그래도 약속은 약속이야. 돌이킬 순 없어."

도하는 납득할 수 없다는 듯 허공에 대고 도리질했다.

"아니, 내가 비정상인 거야? 너희는 어떻게 그리 천하태평이냐?"

"그게 아니라 다른 관점에서도 생각해보자는 거야. 주하온을 영입하면 우리 팀 전력은 상승할 테고 천 명의 악몽을 없애는 미션도 더 빨리 끝나겠지. 내 말이 틀려?"

로운도 일관된 입장을 고수했다. 우주 역시 동의한 사항이었다.

"주하온은 몽마의 딸이라니까? 몽마는 악몽의 설계자라며. 우리가 누구 때문에 이 고생을 하고 있는데, 뭘 믿고 걔랑 한 팀을 먹느냐 이거지. 반은 인간이라고 해도 나머지 반쪽은 악마라는 소리잖아. 언제 돌변해서 뒤통수칠 줄 알고……."

도하는 하온을 따라가면 쥐도 새도 모르게 지옥의 통로로 떨어져버릴 것만 같아 불안했다. 싱크홀에 빠져 목숨을 잃은 아빠처럼. 아빠의 죽음은 도하의 꿈속에서 끊임없이 반복되었고, 아빠를 구하지 못했다는 죄책감은 도하의 삶을 내내 짓누르고 있었다.

그 끔찍한 악몽이 설계된 거라는 사실만으로도 미치겠는데, 어느 날 갑자기 나타난 설계자의 딸이 뻔뻔스럽게 같은 편을 먹자고 했다. 이런 상황에서 저 두 사람과 같은 답을 찾으려면 대체 어떤 상식으로 생각해야 하는 걸까. 머리를 쥐어짜며 수없이 풀이해봐도 도하가 도출해낸 결괏값은 달라지지 않았다.

"역으로 해석하면 주하온보다 악몽에 관해 잘 아는 존재는 없다는 뜻이기도 하지. 그 애 말대로 우리 힘만으론 부족해. 인정할 건 인정하자. 지피지기면 백전백승이라잖아. 모든 악몽을 설계한 몽마의 딸이 우리 편에서 같이 싸워주겠다는데, 오히려 잘된 일 아니야?"

로운은 끝날 줄 모르는 언쟁으로 인해 지쳐갔다. 그러던 중, 소극적으로 관망만 하던 우주가 두 팔을 걷어붙이고 중재에 나섰다.

"이러다가 날 새겠어. 토론으론 결정이 안 나니까, 다수결로 정하자. 주하온을 정식 멤버로 받아들이는 데 찬성하는 사람?"

로운과 우주가 고민의 여지도 없이 손을 들어 올림으로써 싱겁게 결과가 확정되고 말았다.

"뭐야, 이런 법이 어디 있어?"

다수결로 정할 거면 애초에 토론은 왜 한 거냐며 따져 묻는 도하에게 우주는 책 읽듯 또박또박 대답했다.

"전원이 합의하지 않고 의견이 모이지 않을 땐 다수결의 원칙을 따르는 것이 가장 합리적이고 민주적인 방안이라고 배웠을 텐데, 너도?"

"됐다, 됐어. 너희 나중에 울고불고 후회해도 소용없다?"

못마땅한 결말이기는 해도 도하는 대세에 따르는 수밖에 없었다. 적어도 당장은.

*

어느덧 5월 중순이 되었다. 신록의 계절답게 세상은 온통 푸른색으로 가득했다. 세 사람의 몸 곳곳에도 푸르다 못

해 시퍼런 멍이 날마다 새로이 더해졌다.

땀범벅이 된 도하가 진저리를 치며 말했다.

"내가 뭐랬어. 누가 악마 딸 아니랄까 봐……. 독하다, 독해."

로운도 축축한 앞머리를 쓸어 넘기며 혀를 내둘렀다.

"공부가 제일 쉽다는 어른들 말은 역시 진리였어. 중간고사 기간으로 돌아가고 싶다. 최소한 그때는 이렇게 힘들지 않았는데……."

반면 세 사람 중에서 가장 체구가 작은 우주는 고강도의 훈련을 예상외로 잘 소화해내고 있었다.

"난 예전보다 체력이 좋아진 거 같아서 뿌듯한데? 요즘 밥도 두 그릇씩 먹거든."

도하는 말라붙은 입술을 달싹거리며 말했다.

"넌 고통 불감증이라서 좋겠다?"

도하는 이미 손가락 하나 까딱하지 못할 정도로 기운이 없었고, 땀을 얼마나 흘렸는지 안구에도 뿌옇게 습기가 찬 상태였다.

"고통 불감증이랑 체력은 별개라고. 나도 죽을 맛이야. 이거 봐봐."

우주는 팔 안쪽에 또렷하게 남은 멍 자국을 두 사람에게 내밀어 보였다. 멍이 들었다고 해서 아픔을 느끼는 건 아니었지만, 체력적으로 힘든 건 어쩔 수 없었다.

도하가 마룻바닥에 대자로 드러누운 채 한탄했다.

"아무튼 화창한 토요일 오후에 칙칙한 지하에서 이게 무슨 꼴이냐?"

"칙칙한 지하실이 마음에 안 들면 땡볕에서 땀 흘려볼래?"

하온이 건조한 말투로 말하며 양손에 묵직한 비닐봉지를 들고 나타나자 도하는 벌떡 일어나 표정을 싹 바꿨다. 하온은 봉지에서 꺼낸 음료수와 간식거리를 테이블 위에 기계적으로 올려놓았다.

"내가 이래서 자리를 못 비워. 사 온 거나 드세요, 여러분."

도하는 음료와 아이스크림을 골라잡으며 어색하게 웃어 보였다.

"여태 운동하다가 잠깐 쉰 거야. 이제 일 분 지났나?"

"태세 전환 오지네, 정도하."

로운이 장난스럽게 이죽거리자 머쓱해진 도하는 은근슬쩍 시선을 피했다.

"내기는 내기니까."

로운은 입을 꾹 다물고 새어 나오는 웃음을 참았다. 하온의 영입을 결사반대했던 도하가 이렇듯 찍소리도 못 하게 된 데는 그만한 사정이 있었다. 다수결에 의한 결정에 끝내 불복한 그가 호기롭게 제안한 권투 시합 때문이었다. 정정당당한 경기를 통해 패배한 쪽이 무조건 포기한다는 조건이었다. 그렇게 도하와 하온은 링 위에 올랐고, 하온이 날린 카운터펀치에 녹아웃을 당한 도하는 약속대로 최종 결과에 대해 더 이상 왈가왈부하지 않았다.

"악몽은 메타버스나 증강현실게임이 아니야. 비록 꿈이긴 해도 우리에겐 현실이라는 거 알고 있지? 앞으론 더욱 더 막강한 상대와 싸우게 될 거야. 그러니까 훈련으로 대비하지 않으면 승산이 없어. 힘들겠지만 좀만 버텨보자."

하온의 말이 끝나자마자 세 사람은 바닥에 내려놓은 줄넘기를 집어 들었다. 하온은 말귀를 제법 알아듣는 그들을 바라보며 자족했다. 휭휭 줄을 돌리며 제자리뛰기를 하는 자세와 속도도 이전에 비해 월등히 좋아진 듯했다. 물론 하온이 정한 수준에 도달하려면 가야 할 길이 까마득했지만.

하온의 구령에 맞춰 줄을 넘는 세 사람의 얼굴이 시간이 갈수록 일그러졌다. 머리는 과열된 엔진처럼 뜨거워지고 옆구리로 폐가 튀어나올 것처럼 숨이 찼다. 장딴지는 뻣뻣

하다 못해 아무 감각도 느껴지지 않았다.

"더 빨리!"

곡소리가 난무하는 와중에도 하온은 세 사람을 극한의 극한까지 몰아붙였다.

저녁 무렵이 되어서야 체육관을 빠져나온 세 사람의 걸음이 절로 갈지자를 그리고 있었다. 도하는 흐린 초점을 맞추려 연거푸 눈을 껌벅거렸다.

"이러다 우리 전국체전 나가겠어."

거스를 수 없는 말투의 근원을 이제야 간파한 로운은 가만히 고개를 주억거렸다.

"주하온은 대장이 체질이야. 아예 반항을 못 하게 만들어버리네."

"초급자들은 자신이 때리고 싶은 곳만 보게 된다. 배, 옆구리가 텅텅 비어 있는데도 굳이 가드하고 있는 머리만 때리는 경우가 많다. 카운터펀치를 위해 가장 필요한 건 상대방의 움직임을 읽는 것. 움직임 전체를 보려면 상대의 어깨부터 무릎까지는 내 시야에 둬야 한다……."

우주가 오늘 배운 내용을 복기하며 읊어대자 도하는 부루퉁한 얼굴로 툴툴거렸다.

"자신의 시야를 넓혀야 비어 있는 곳을 잘 때릴 수 있고,

상대 움직임에 반격하는 카운터펀치도 가능해진다. 경력자들은 어깨의 모션으로 속임수를 쓰거나 상대에게 특정 동작을 하도록 유도한 후에 때리기도 한다. 이걸 왜 오늘에서야 알려주냐고. 치사하다, 치사해."

"알려줬어도 어차피 이기는 건 불가능했을걸? 카운터펀치는 상대방이 주먹을 뻗는 순간에 맞받아치는 거라서 타이밍을 잘못 잡으면 위험하다잖아. 경험과 숙련도가 상급은 되어야 구사할 수 있는 기술인데, 하온이 말대로 필살기보다 기본기가 먼저지. 너무 앞서가지 마."

"누가 보면 주하온이 교주인 줄 알겠어. 광신도가 따로 없다, 우주야."

우주는 그녀가 했던 말을 상기하며 먼 하늘을 응시했다.

"광신도까지는 아니지만 하온이가 믿음을 준 건 맞지. 나한테도 용기라는 게 생겼거든."

그때 하온과 만나지 않았다면 우주가 우두머리 괴수를 무찌르는 일은 단언컨대 일어나지 않았을 것이다. 싸워보기도 전에 벌벌 떨면서 줄행랑쳤을지도 모른다. 만년 겁쟁이었던 우주에게 '최강 병기'라는 네 글자는 없던 용기도 샘솟게 하는 마법의 단어였다.

"얘 이상해. 아무래도 맛이 간 거 같아. 훈련이 힘들어서 그런가?"

"도하야, 너 코피 난다."

"뭐? 코, 코피?"

황급히 목을 뒤로 젖힌 도하의 만면에 당혹감이 번졌다. 우주는 가방에서 꺼낸 휴지를 건네며 도하가 뱉은 말을 토씨 하나 바꾸지 않고 고스란히 돌려주었다.

"얘 이상해. 아무래도 맛이 간 거 같아. 훈련이 힘들어서 그런가?"

두 사람의 대화를 듣고 있던 로운은 그만 웃음을 터뜨리고 말았다. 웃음도 전염이 된다더니, 도하와 우주도 이유 없이 따라 웃기 시작했다. 저마다 환하게 웃는 사이 노을빛이 묻은 세 사람의 뺨이 불그레하게 빛나고 있었다.

# 어나더 레벨: 악마들의 시간

하온이 사활을 내건 일명 '폭풍 레벨 업 프로젝트'는 시공간의 구애 없이 연일 지속되었다. 그렇게 세 사람이 하루가 다르게 성장하는 동안, 계절은 다시 한번 옷을 갈아입을 준비를 하고 있었다.

"학교 다니랴, 훈련하랴, 의뢰받으랴⋯⋯. 게임할 시간이 없다."

공책으로 부채질하던 도하의 손이 급격히 빨라졌다.

"한가하게 게임 즐길 시간은 앞으로 쭉 없을 거 같다."

로운은 마음을 비운 지 오래였다. 언젠가부터 세 사람에게 고민을 이야기하고 나면 몇 년 묵은 불면증도 감쪽같이 사라진다는 입소문이 퍼지면서 의뢰인의 발길이 끊이지 않았기 때문이다. 학생들의 입에서 입으로 전파되는 소문은 어떤 홍보 방식보다 효과적이었다. 벌써 50건에 가까운 악몽을 해결했다. 천 명을 채우기에는 턱없이 모자란 수였지만 의뢰인이 하루가 멀다 하고 방문하고 있으니 그나마 다행이었다. 쉴 틈이 없다는 게 치명적인 흠이었지만.

"다음 주면 여름방학이잖아. 우리에겐 방학을 누릴 자유도 허락되지 않는 거야?"

"방학맞이 전지훈련이나 안 가면 다행이게."

"전지훈련? 아, 난 못 해."

"정도하, 정신 차려."

"고등학교 첫 여름방학인데 워터파크는? 해수욕장은? 갑자기 울고 싶네."

"그럼 하온이한테 한번……."

로운이 무어라 말하려던 찰나, 우주와 하온이 문을 열고 부실로 들어왔다.

"왜 이제 와? 한참 기다렸잖……."

부실로 들어오는 우주와 하온의 뒤에 누군가 서 있었다. 그와 눈을 마주친 로운이 말을 잇지 못하자 우주도 뒤를 돌아보았다. 부실을 방문할 사람이라면 의뢰인밖에 더 있겠나 싶었다. 그런데 무슨 영문인지 인사를 건네려던 우주도 입술만 동그랗게 벌렸다가 다물고 말았다.

1학년 3반 담임이자 동아리를 담당하고 있는 임다연의 갑작스러운 방문에 네 사람은 알쏭달쏭한 표정이었다. 다연은 자기 얼굴만 빤히 쳐다보는 눈빛들에 귓불이 뜨거워질 지경이었다.

참다 못한 다연이 무안한 투로 물었다.

"얘들아, 왜 그래?"

우주는 눈썹을 긁적이며 얼버무렸다.

"가, 갑자기 오셔서요."

"하긴 너희 입장에선 엄청 뜬금없겠다. 바쁘다는 핑계로 통 신경 못 써서 여기도 학기 말이 되어서야 처음 와보네, 미안. 동아리 활동은 문제없이 잘하고 있는 거지?"

다연의 질문에 네 사람은 네, 하고 짧게 대답했다. 흡사 청문회처럼 경직된 분위기였다.

다연은 분위기를 환기하고자 특유의 카랑카랑한 목소리로 말했다.

"나도 소문 들었어. 여기서 고민 상담하고 나면 나쁜 기억이 거짓말처럼 지워진다며?"

하지만 네 사람의 낯빛은 되레 어두워졌다. 그동안 동아리 활동에 일절 관여하지 않던 그녀가 굳이 부실까지 찾아온 데는 나름의 목적이 있을 텐데 그걸 모르겠으니 여간 찜

찜한 게 아니었다. 설마…… 동아리를 해체해야 하는 건가. 막연한 불안감이 엄습해오던 그때 하온이 약빠르게 대응했다.

"그냥 애들끼리 하는 이야기예요. 원래 누구한테든 고민 털어놓으면 마음이 편해지잖아요."

그러자 다연은 바지 주머니에서 꼬깃꼬깃하게 접힌 종이를 꺼내 쫙 펼쳐 보였다. 어디서 많이 본 종이였다. 학기 초, 동아리 홍보와 의뢰인 모집을 위해 로운, 우주, 도하가 돌렸던 전단지였다.

도하가 어리둥절한 얼굴로 물었다.

"그걸 선생님이 왜 갖고 계세요?"

"예전에 운동장에서 주웠어. 담임도, 동아리를 맡은 것도 처음이라 추억 삼아 간직하고 있었지. 최근 들어서는 이 문구가 자꾸 마음에 걸리기도 했고."

다연은 전단에 굵은 글씨체로 적힌 "악몽을 대신 꾸어드립니다"라는 헤드라인을 가리켰다.

"에이, 그 말을 진짜로 믿으시는 건 아니죠?"

하온이 눈웃음을 치며 농담조로 묻자 다연은 담담하게, 아니 담담한 척 대꾸했다.

"믿음은 믿는 자의 몫이겠지. 난 지푸라기라도 잡는 심정으로 찾아온 거야. 떠도는 소문처럼 나의 나쁜 기억도 지울 수 있을까 해서. 솔직히 여기 오기 전까지 망설이고 또 망설였는데 이제는 한계가 온 것 같아. 더는…… 감당이 안 되거든."

꾀꼬리 같던 목소리는 어느새 탁성으로 바뀌고 윤기 나던 얼굴도 저녁나절 좌판에서 파는 나물처럼 생기를 잃어 갔다.

"그 말씀은……."

"나, 너희에게 의뢰하러 온 거야."

다연의 말에 너도나도 한 대 맞은 것처럼 머리가 띵해졌다. 행여나 잘못 들었나 싶어 아무 말 없이 서로를 마주 볼 뿐이었다.

"교사는 의뢰할 수 없는 거니?"

"딱히 그런 기준이 있는 건 아닌데요. 의뢰하러 오신 선생님은 다연 쌤이 처음이시라……."

"그럼 내 악몽도 사라지게 해줘. 부탁할게."

돌연 눈시울이 붉어진 다연은 하온의 손을 부여잡았다. 이곳을 찾는 이들이라면 응당 그러하듯 다연 역시 무척이나 애절해 보였다. 뜻밖이었지만 측은한 마음에 차마 거절할 수 없었던 하온은 우선 사연부터 들어보기로 했다. 의뢰

받을지 말지는 추후에 결정해도 늦지 않으니까.

"상담 내용은 백 퍼센트 비밀 보장되니까 편하게 말씀하셔도 돼요. 따로 기록도 안 하거든요."

"고맙다."

안도한 다연은 하온의 손을 스르륵 놓아주었다. 그러고는 깍지 낀 양손을 제 허벅지 위에 다소곳이 올려놓았다. 고해성사라도 하려는 듯 엄숙한 모습이었다. 눈을 내리뜬 상태로 미동조차 하지 않던 다연은 착 가라앉은 음성으로 말을 꺼냈다.

"내 언니는 사람을 죽였어. 형부는 공범이었고."

다연의 폭탄 발언에 경악한 네 사람은 밀봉이라도 한 것처럼 입을 꾹 다물었다. 순식간에 냉랭해진 부실엔 적막만 가득 차 있었다.

"언니는 살인죄로 삼십 년을, 형부는 119에 구조 요청을 했다는 점이 참작돼서 십이 년 형을 선고받았어. 살리기 위해서 한 신고가 아니라 면피하려고 벌인 뻔뻔한 짓이었는데도."

차분한 어조와는 달리 무릎 위에 놓인 다연의 손이 와들와들 떨리고 있었다.

"그 사건과 연관된 악몽이겠네요."

하온은 할 말이 남아 있었지만 머릿속에서 썼다 지우기를 반복하며 말을 아꼈다.

"눈을 떠도, 눈을 감아도 끔찍한 악몽의 나날이었지. 하루도 잊은 적 없으니까. 그러다가 일주일 전부턴 유독 심해졌어. 밤새 악몽에 시달리느라 한숨도 못 잘 만큼. 아마 우리 지은이 2주기가 다가와서 그런가 봐."

"우리 지은이요?"

"언니 손에 죽은 조카 이름이야. 열 살밖에 못 살고 하늘나라로 떠난……."

내내 담담한 척했던 다연은 기어이 눈물을 쏟고 말았다. 한 맺힌 울음소리가 엄동설한의 한기처럼 밀려와 듣고 있는 사람마저 서글프게 했다.

"선생님 언니랑 언니 남편분이 자기 딸을 죽였다는 거예요?"

하온은 감전된 것처럼 전신이 떨려왔다. 도저히 받아들이기 힘든 이야기였다. 다연은 잇새에 고인 침을 눌러 삼키며 겨우 대꾸했다.

"응."

죄인처럼 고개를 숙인 그녀는 깍지 낀 손이 새하얘지도록 맞잡고 있었다.

울화가 치민 하온이 새되게 따져 물었다.

"아니, 대체 왜요? 친딸 아니에요?"

"아무리 언니라지만 나도 이해가 안 돼. 배 아파 낳은 자기 자식한테 어쩜 그렇게 잔인할 수 있는지……. 지은이만 불쌍하지. 부모 잘못 만나서……."

다연의 얼굴은 눈물과 콧물로 온통 뒤범벅이었다.

"정말 너무하네요."

"자주 들여다보지 못한 내 잘못도 커. 그 작고 어린아이가 몹쓸 짓 당하며 서서히 죽어가는 동안 난 아무것도 몰랐으니까. 진즉 눈치챘다면 내가 데려왔을 텐데. 무슨 수를 써서라도 그 지옥 같은 집구석에서 꺼내줬을 텐데……."

"선생님 잘못 아니에요. 죄는 부모라는 작자들이 저질렀잖아요."

"무슨 일이 있었는지, 언니와 형부가 지은이한테 얼마나 큰 고통을 주었는지 뉴스를 보고 나서야 알게 됐어. 세상에 나 같은 이모도 없을 거야. 맨날 학교 일에만 매달리느라…… 아니, 다 이기적인 핑계지. 입이 열 개라도 할 말이 없네. 그저 미안할 뿐이야. 지켜주지 못해서……."

"그건 가해자가 해야 할 말이죠. 반성도, 용서를 구하는 일도요. 그런데 대부분의 가해자는 끝까지 자기 죄를 모르더라고요. 자기가 무슨 짓을 했는지 모르니까 뉘우치는 법도 없고요."

하온은 길게 숨을 내쉬었다. 가슴이 답답해서 참을 수가 없었다. 이쯤 되니 지푸라기라도 잡는 심정으로 찾아왔다는 그녀의 말뜻을 조금이나마 헤아릴 수 있었다. 아무래도 이번 의뢰는 수락해야만 할 것 같았다. 마음을 굳힌 하온은 세 사람을 조용히 밖으로 불러냈다.

"무조건 찬성."

"나도."

"안 할 이유가 있나?"

세 사람 모두 한마디씩 보태며 동의했다. 이심전심이라고 할까. 부모라는 이름으로 자녀를 학대하고 죽음에 이르게 한 죄는 결단코 용서할 수도, 용서해서도 안 되는 최악의 악이었으니까.

*

이 년 전, 구조대원들은 앰뷸런스 안에서도 심폐 소생술을 멈추지 않았다. 각고의 노력에도 아이는 응급실에 도착하기 전에 싸늘한 죽음을 맞았다. 열 살 나이에 황망히 세상을 떠나버린 아이의 이름은 강지은이었다.

사망 선고를 내린 의사는 동행한 보호자에게 자초지종을 물었다. 친부에 따르면 딸아이가 대변 실수를 하는 바람에 씻고 오라고 욕실에 들여보냈는데, 발이 미끄러졌는지 욕조에 빠진 것 같다고 했다. 숨을 안 쉬어서 급히 119에 연락했고 지시에 따라 응급조치했다고 강조하면서. 친모는 피붙이의 주검을 멍하니 내려다볼 뿐이었다.

상식선에서 납득하기 어려웠던 의사는 아이의 몸 이곳저곳을 더욱 면밀하게 살펴봤다. 팔과 몸통은 물론 허벅지와 등 전반에 퍼져 있는 보랏빛 멍 자국이 예사롭지 않게 보였다.

"이 멍들은 어쩌다 생긴 겁니까?"

"우리 애가 평소에도 대소변 실수가 잦아서 훈육 차원에서 몇 번 체벌한 게 다예요. 열 살씩이나 돼서 똥오줌도 못 가리니 오죽하면 매를 댔겠어요."

"또래 아동에 비해 체중이 현저히 적게 나가고 발육 및 영양 상태도 매우 안 좋습니다만."

"애가 워낙 입이 짧아서요. 누굴 닮았는지 원……. 밥 한 술이라도 더 떠먹이려고 아등바등 쫓아다니느라 집사람이나 저나 끼니때마다 이만저만 고생한 게 아니었다니까

요?"

"네, 알겠습니다."

아동 학대의 정황을 포착한 의사는 이를 곧장 경찰에 알렸다. 열 살이라는 게 믿기지 않을 만큼 왜소한 몸집과 앙상하게 뼈만 남은 팔다리만 보더라도 정상적인 양육 환경이 아니었음을 짐작할 수 있었다. 친부의 진술이 석연치 않기도 했지만, 결정적으로 아이의 온몸에 옅거나 짙은 색의 멍 자국이 혼재되어 있었다. 그건 장기간에 걸쳐 지속적으로 입은 타박상을 의미했다.

각 신체 부위에 분포된 다양한 형태의 상흔은 한 가지이상의 도구를 사용하여 폭력을 가했다는 증거이기도 했다. 더욱이 갈비뼈골절과 두피 열상, 손목을 결박한 흔적까지 관찰된 이상 아동 학대 치사의 가능성 또한 배제할 수없었다. 결국 지은의 부모는 신고를 받고 달려온 형사들에게 긴급 체포되어 경찰서로 연행되었다.

아파트 현관을 열고 들어서자 코를 찌르는 악취가 진동했다. 식탁 위아래를 어지러이 점령한 쓰레기 더미와 바닥에 나뒹구는 변에서 풍겨오는 고약한 냄새 때문이었다. 몇 날 며칠 방치해둔 설거짓거리도 개수대에 한가득했다. 켜켜이 쌓인 그릇과 냄비에는 곰팡이가 퍼렇게 피어 있었다.

박 형사는 치밀어 오르는 구역질을 참으며 말했다.

"돼지우리도 이것보단 깨끗하겠네요. 어떻게 이런 데서……."

아이도 아이지만, 부모도 이곳에서 함께 살았다는 사실이 그저 놀랍기만 했다.

"박 형사, 물증부터 얼른 찾자. 쓰레기 전부 샅샅이 뒤져 봐. 하나도 빼놓지 말고."

김 팀장의 속은 초 단위로 타들어갔다. 사십팔 시간 안에 용의자의 혐의를 입증하려면 시신에 남은 상흔과 일치하는 범행 도구를 찾아내는 것이 급선무였다.

"이런 상처들은 손으로 때려서는 절대 생기지 않습니다. 이쪽 흉터는 회초리처럼 가느다란 무언가를 사용해 외력을 가한 흔적이고, 등 쪽에 동그란 모양으로 군데군데 퍼져 있는 멍 자국도 마찬가지로 도구에 의한 것으로 사료됩니다. 어떤 도구인지는 특정할 수 없습니다만."

의사의 증언을 떠올린 김 팀장은 쓰레기봉투를 죄다 뜯어 바닥에 쏟아부었다. 마침 온갖 오물 틈에 파묻혀 있는 가느다란 대나무 막대기가 눈에 띄었다. 막대기 끝부분에서 혈흔을 발견한 김 팀장은 증거물을 감식 대원에게 넘겼다. 비슷한 타이밍에 박 형사도 쩌렁쩌렁하게 소리쳤다.

"팀장님, 여기 좀 봐주세요! 피해 아동 흉터 자국이랑 일치하는데요?"

박 형사는 핸드폰 속 사진과 증거물을 대조해보았다. 플라스틱 막대기 중앙에는 세 줄의 홈이 길게 파여 있었는데, 지은의 팔과 종아리에도 같은 무늬가 남아 있었다. 육안상으로는 길이와 폭 또한 유사했다.

김 팀장은 이맛살을 찌푸리며 혀를 찼다.

"이거 파리채 아니야? 대가리는 성가셔서 떼버린 모양이네. 얼씨구, 붕대까지 감아서 손잡이도 만들었어? 가지가지 한다. 쯧쯧."

박 형사는 개탄하며 고개를 내저었다.

"애초에 작정하고 때렸다는 뜻이죠. 맞는 애보다 때리는 자기 손 아플까 봐 이딴 걸 감아놓았다는 게 소름 끼치네요."

"괘씸한 건 맞지만 이 정도로는 혐의 입증 못 해. 확실한 물증이 나올 때까지 계속 파보자고."

"네, 알겠습니다."

두 형사는 지독한 악취와 싸워가며 쓰레기 더미를 파헤쳤다. 불행 중 다행이라고 해야 할지 게으른 용의자들 덕에 학대 증거가 꼬리에 꼬리를 물고 튀어나왔다. 구급차를 부르기 직전 부랴부랴 쓰레기봉투에 쑤셔 넣기만 하고 미처 내다 버리지 못한 듯했다.

현장에서 찾아낸 삼십여 개의 증거품은 본 사건이 얼마나 잔인무도하고 계획적이었는지 말해주었다. 어떻게 때려야 더 아프고 끔찍한 고통을 줄 수 있을까 골몰하는 고문 기술자처럼 범행 도구를 바꿔가며 사용했으니까. 이는 다분한 목적성을 지닌 고의적 폭행임을 방증했다.

"이건 아동 학대 치사가 분명해. 사인은 부검 결과가 나와봐야 알겠지만, 일단 우리는 현장 감식 마무리하는 대로 서에 들어가서 피의자 심문부터 하자고."

"네."

확보한 물증을 토대로 본격적인 취조가 시작되었다. 수십 장의 증거 사진을 들이밀며 추궁하자 두 피의자는 체벌은 인정하면서도 죽일 의도는 없었다고 주장했다. 그러나 부검 결과가 나오고 사건은 새로운 국면을 맞게 되었다. 피해자를 사망에 이르게 한 직접적인 사인이 익사로 밝혀졌기 때문이다. 기도 속에 포말뿐 아니라 피해자의 치아도 남아 있었다. 손목과 발목에서는 결박 흔적이 발견되었다. 현장 감식에서 확인한 욕조에 삼 분의 일 남짓한 물이 차 있었고, 바닥은 욕조에서 흘러넘친 물로 흥건한 상태였다.

부검의와 전문가 소견, 현장 상황, 무엇보다 피해자의 손목이 뒷짐 형태로 결박되었다는 점을 종합하여 익사의 원인이 강압에 의한 외력, 즉 물고문 때문이라는 결론이 내려졌다. 그 와중에도 피의자들은 범행 일체를 완강히 부인했다. 그들이 삭제해버린 핸드폰 속 동영상을 복구하기 전까지.

백 개가 넘는 동영상에는 학대 장면이 적나라하게 찍혀 있었다. 사망하기 한 시간 전에 촬영한 물고문 영상도 존재했다. 명명백백한 증거가 밝혀지고 나서야 빼도 박도 못하게 된 피의자들은 마침내 모든 혐의를 시인하고 자백하기에 이르렀다.

다음 날 아침 곧바로 현장검증이 실시되었고 친모는 범행의 전 과정을 담담하게 재연했다.

"이렇게 묶은 다음에…… 물속에 눕히고 이십 초까지 세라고 시켰어요. 자꾸 빠져나오려고 해서 제가 배를 누르고 있었는데요. 한 시간쯤? 아마 그 정도였을 거예요. 잘못했다고 빌면 금방 끝났을 텐데 이를 악물고 끝까지 버티더라고요."

피해자의 기도에 생니가 걸려 있던 이유가 비로소 설명되는 순간이었다. 피해자가 당한 건 물고문이 아니라 차라리 수장에 가까웠다. 김 팀장은 피의자의 악랄함에 할 말을 잃어버렸다. 그러다 문득 양 손목을 노끈으로 감고 마주 닿은 손목 안쪽을 또다시 결박하는 방식이 퍽 신경에 거슬렸다. 어디서 배운 거냐고 물었더니 친모는 뜻밖의 대답을 들려주었다.

"아버지가 나한테 했던 방법을 그대로 따라 한 거예요."

친모는 느닷없이 자신도 아동학대의 피해자라며 눈물로 호소했다. 자기도 정말 그러기 싫었지만, 아이가 말을 듣지 않아서 체벌할 수밖에 없었다는 궤변을 늘어놓으면서. 증거 동영상을 떠올린 김 팀장은 망치로 머리를 맞은 듯 사고가 정지됐다.

친모는 갈비뼈가 부러져 옴짝달싹 못 하는 아이에게 똑바로 팔을 올리라며 호되게 다그쳤고, 아이는 팔을 들어 올리려 안간힘을 썼다. 집 안 불이 다 꺼진 후에도 아이는 어둠 속에서 간신히 두 팔을 올린 채 무릎을 꿇고 있었다. 거실에 설치해놓은 핸드폰 카메라 때문이었다. 피의자들이 잠든 사이에도 아이를 감시하기 위해 켜놓은 백여 개의 동영상은 아이를 겁주고 협박하는 용도로 끊임없이 재활용되었다. 그것이 스스로를 옭아매는 포승줄이 될 줄은 꿈에도 모르고서.

파일을 빠짐없이 검토한 김 팀장은 참담한 심정을 가늠 길이 없었다. 차마 입에 담기조차 힘들 만큼 가혹한 장면이 너무 많았다. 그중에서 아이에게 강아지 변을 먹게 하는 영상은 멘털이 붕괴될 만큼 충격적이었다. 머뭇거리던 아이는 어쩔 수 없이 제 손으로 바닥에 떨어진 변을 주워 입에 넣었고, 친모는 더러워서 못 봐주겠다며 낄낄거렸다.

그 화면을 본 순간 김 팀장은 단언할 수 있었다. 악마가 있다면 틀림없이 저런 모습일 거라고 말이다. 그럼에도 친모는 반성은커녕 모든 잘못을 아이에게 떠넘기기 급급했다. 처음에는 아이의 대소변 실수 때문에 체벌했다고 진술하더니 현장 검증에서는 말을 듣지 않아서라고 했고 종국에는 아이에게 들린 귀신을 떼어내려 그랬다는 망언까지 해댔다.

아마도 무속인인 피의자가 마지막으로 생각해낸 핑계였을 것이다. 수색 당시 집 안에는 신당처럼 꾸며놓은 방이 실제로 있기는 했다. 증거품 중에도 귀신을 쫓을 때 사용한다고 알려진 복숭아나무 가지가 포함돼 있었다. 하지만 그무엇도 살인의 면죄부가 될 수는 없었다. 친모는 천륜을 무참히 저버린 인면수심의 범죄자에 불과했으므로.

*

교문을 빠져나온 아이들의 눈두덩이 부숭했다. 비통하다는 표현만으로는 설명되지 않는 복잡 미묘한 감정이었다. 격앙된 우주의 얼굴이 붉으락푸르락해졌다.

"본인이 아동학대 대물림 피해자라고? 똑같은 가정환경에서 자란 다연 쌤은 어엿한 교사가 됐잖아. 자기합리화도 정도껏 해야지 왜 남 탓을 하는 거야?"

도하도 한숨 쉬며 맨땅을 걷어찼다.

"부모 될 자격도 없는 인간들이네. 애들이 무슨 죄야."

로운의 눈자위에선 새빨간 핏줄들이 툭툭 불거졌다.

"작년에만 오십 명이 아동학대로 사망했대."

하온은 부르르 떨리는 아랫입술을 꽉 깨물었다. 피가 거꾸로 솟는 기분이었으나, 현재로서는 다연의 의뢰가 먼저였다. 그녀가 무거운 죄책감에서 벗어날 수 있도록 악몽의 고리를 완전히 끊어내는 일.

"그건 그렇고, 너희한테 당부할 게 있어. 이번 상대는 인두겁을 쓴 악마야. 방심하는 순간 자칫 우리 목숨도 위험해질 수 있다는 점 꼭 명심해. 악몽에 갇히면 그걸로 끝이거든. 말 그대로 게임 오버."

하온의 아몬드색 눈동자가 일순 바둑알처럼 시커멓게 보였다.

"끝이라니?"

"악몽에 갇히면 현실에서 깨어날 수 없다는 뜻이야. 코마 상태에 빠지거나 운이 나쁘면 죽을 수도 있어. 그러니까 제한 시간 내에 반드시 탈출해야 된다고. 이해됐지? 다들 조심해."

냉정한 언사였지만 조그맣게 벌어진 하온의 입술 사이에선 불규칙한 숨소리가 새어 나왔다. 사태의 심각성을 인지한 세 사람이 한숨을 내쉬었다. 침울한 표정들을 보고 있으려니 마음이 약해진 하온은 재빨리 표정을 고치고 덧붙였다.

"조심하라고 했을 뿐인데 벌써부터 사기가 꺾이면 어떡해? 피나게 훈련한 성과를 당당히 보여줘야 할 거 아니야. 기죽을 필요 없으니까……. 이따 봐."

하온은 일방적으로 말을 끝내고선 후다닥 골목길을 빠져나갔다. 어딘지 모르게 수줍어하는 듯한 모습이었다. 세 사람은 방금 뭘 본 건가 싶어 멀뚱히 서 있다가 다시 자박자박 걸어갔다.

"얘기 나온 김에 하나만 묻자. 나우주, 넌 뭐 때문에 마니차를 사게 된 거야?"

"나? 사지가 전부 잘려 나가서 피가 철철 흐르는데도 계속 웃기만 하는 이상하고 끔찍한 악몽에 시달려왔거든. 도하는?"

"여섯 살 때 아빠가 싱크홀 사고로 돌아가셨어. 그래서 꿈에 나온 아빠를 구해주고 싶은데, 시커먼 구멍 안에 있는 괴물이 무서워서 바보처럼 엉엉 울기만 하는…… 뭐, 그런 꿈을 십일 년째 꾸고 있지. 이로운, 너는?"

도하의 질문에 로운의 입매가 단숨에 굳어졌다. 자신의 치부를 제 입으로 밝히려니 진땀이 났다. 세상의 가장자리로 내몰리는 심경이었다. 이러지도 저러지도 못한 채 한참이나 뜸을 들이던 로운은 우물우물 대답했다.

"나는 사생아야. 강간범인 아버지에게 살해당하는 꿈을 꿔. 얼굴도 모르는 그놈한테 밤새도록 칼부림당하는……. 치가 떨릴 만큼 기분 나쁜 악몽."

무표정하게 있으려 해도 로운의 커다란 눈망울은 불안한 속내를 감출 수 없었다. 괜한 고백으로 지금껏 쌓아온 관계를 망치는 건 아닌지 내심 두려웠다.

"그랬구나. 늦은 감은 있지만 이제라도 비밀을 공유하고 나니까 진짜로 한 팀이 된 것 같다. 이럴 줄 알았으면 혼자

끙끙대지 말고 처음부터 털어놓을걸, 안 그래?"

도하는 담백하게 웃어 보였다. 우주도 끄덕이며 맞장구를 쳤다.

"맨날 남의 악몽만 해결하느라 정신이 하나도 없었으니까."

로운은 자신의 사연을 듣고도 개의치 않아 하는 두 사람이 그저 신기할 따름이었다.

"너희는 아무렇지도 않아? 내 얘기…… 불편하잖아."

"불편은 무슨. 우린 악몽으로 맺어진 친구잖아. 다른 말이 또 필요해?"

친구라는 말을 듣는 순간 로운은 울컥했다. 불덩이를 집어삼킨 듯 온몸이 뜨거워지더니 심장 안에서 피가 거세게 날뛰었다. 내 편이 있다는 게 이런 기분일까.

도하는 고개를 옆으로 기울여 로운의 표정을 들여다보았다.

"너, 설마 우는 건 아니지?"

"잔말 말고 해산하자."

눈가에 눈물이 찔끔 고였지만 들키고 싶지 않았던 로운은 발길을 재촉했다.

자정이 되고 악몽으로 들어간 세 사람은 대혼란에 빠지

고 말았다. 매번 예기치 못한 상황이 기다리고 있었지만 이번에는 전혀 다른 형국이었다. 시작부터 물속이라니. 게다가 사방은 흑요석 같은 어둠뿐이었다. 눈에 보이는 게 없으니 그야말로 속수무책이었다.

저마다 고군분투하던 중에 아이템을 일일이 화면에 띄우지 않아도 사용할 수 있다는 하온의 말을 용케 기억해낸 도하가 정신을 집중하고 기를 끌어모았다. 그러자 손바닥에서 눈부신 빛이 퍼져 나오며 암흑천지였던 물길이 훤히 드러났다. 일전에 획득한 대형 랜턴 아이템을 변형하는 데 성공한 것이다. 간신히 시야를 확보한 네 사람은 동굴 입구로 보이는 구멍을 향해 헤엄쳤다. 폐가 찢어질 듯 숨이 가빠오고 혈압이 솟구치는 것만 같았다.

"하, 죽을 뻔했네……."

가장 먼저 뭍에 올라온 도하는 참았던 숨을 토해내며 잔기침을 해댔다. 기침할 때마다 입과 코에서 물이 왈칵왈칵 쏟아져 나왔다.

"처음부터 이러는 게 어디 있어……."

다리가 풀린 우주는 엉덩방아를 찧듯 주저앉았다. 무방비 상태에서 벌어진 일이라 아직까지도 심장이 쿵쾅쿵쾅 뛰었다.

"나가는 길이 있긴 한 건가?"

헐떡이던 로운은 천천히 숨을 고르며 주위를 빙 둘러보았다. 물에서 빠져나온 것만으로는 안심할 수 없었다. 숨만 쉴 수 있었지, 갇혀 있다는 사실에는 변함이 없었으므로.

하온은 흠뻑 젖은 긴 머리칼을 두 손으로 모아 짜내며 말했다.

"저쪽으로 가보자. 길처럼 보이는 건 저기뿐인 듯."

믿기지 않을 정도로 의연한 자태였다. 방금 목욕을 마치고 나온 사람처럼 말끔하고 개운해 보이기까지 했다. 세 사람은 어떤 위기가 닥쳐도 평정심을 잃지 않는 그녀에게 새삼 감탄했다. 저게 구백 살 내공이구나, 생각하면서.

도하가 내뿜는 불빛에 의지한 채로 울퉁불퉁하고 비좁은 동굴을 걸어갔다. 졸지에 인간 등대가 된 도하는 점점 팔이 저려왔지만 군말 없이 뒤따르며 길을 밝혀주었다. 얼마나 걸었을까. 마침내 동굴에서 빠져나온 네 사람 앞에 한적한 시골 마을의 풍경이 펼쳐졌다. 대낮이었음에도 안개가 자욱이 깔린 마을에 음산한 분위기가 감돌았다.

도하가 어금니를 딱딱 부딪치며 말했다.

"이번 악몽은 종잡을 수가 없다. 전개가 밑도 끝도 없어."

머리며 옷이 홀딱 젖은 까닭에 가만히 있어도 온몸이 오들오들 떨렸다.

"안개 때문인지 더 추운 거 같아. 마을도 이상할 만큼 조용하고 말이야."

우주도 옹송그린 자세로 주변을 흘끔거렸다.

"뭐가 있을지는 돌아다녀보면 알게 되겠지."

로운이 막 발을 떼려는데, 별안간 공기의 흐름이 빨라지더니 돌풍이 몰아쳤다. 저만치 동산 위에 서 있는 나무들이 매섭게 흔들렸다. 바람결에 나팔과 꽹과리의 음률이 실려왔다. 마을의 적요한 분위기와는 상반되는 가락이었다. 기묘한 위화감을 느낀 네 사람은 소리 나는 방향으로 걸음을 옮겨보았다.

오 분 정도 걸어 야트막한 언덕에 오르자, 당산나무 한 그루가 눈에 들어왔다. 가지마다 알록달록한 비단 조각들을 길게 늘어뜨린 나무 밑동에 새끼줄로 칭칭 감긴 바위가 솟아 있었다. 대체 뭘 봉인해놓은 건지는 몰라도 줄을 자르면 엄청난 일이 벌어질 것 같은 음험한 기운이 느껴졌다.

근방의 허름한 신당 앞마당에서 굿판이 벌어지고 있었다. 빨간색 갓에 빨간색 한복을 입은 무당은 신들린 것처럼 작두를 타고 있고, 장구와 꽹과리를 연주하는 풍물패는 무아지경에 빠진 모습이었다. 무슨 굿일까 싶어 나무 뒤에서 훔쳐보는데, 돌연 작두에서 내려온 무당이 지푸라기 인형 몸통에 부적을 덕지덕지 붙여댔다. 이를 목격한 네 사람은 섬뜩한 직감에 휩싸였다. 멍석 위에 반듯하게 누워 있는 지푸라기 인형이 작아도 너무 작았기 때문이다.

네 사람이 제각각 생각에 잠겨 있는 사이 무당은 칼춤을 추기 시작했다. 양손에 움켜쥔 망나니 칼날을 챙챙 부딪치며 춤을 추는 무당의 눈빛에 살기를 넘어 광기가 어른거렸다. 무당의 격한 몸짓에 맞춰 풍물패의 연주도 절정으로 치달았다. 얼마간 지푸라기 인형을 사정없이 베던 무당은 슬슬 갈무리하려는 듯, 두 개의 칼을 동시에 찔러 넣으며 고성을 내질렀다. 도무지 이 세상 사람 같지 않은 표정이었다.

"천지신명께서 명하노니, 악귀야 썩 물러가라!"

바로 그 순간, 단발의 총성과 함께 무당이 픽 고꾸라졌다. 화들짝 놀란 세 사람이 옆을 돌아봤다. 산탄총을 견착한 하온이 콧김을 내뿜으며 어깨를 들썩이는 중이었다.

"누가 누구 보고 악귀래……."

"야, 쏘려면 미리 신호 정도는 줘야지. 간 떨어질 뻔했잖아."

도하는 가슴을 쓸어내리며 속살거렸다. 예감이 빗나가

지 않는 한 이제 곧 사달이 날 터였다. 머리에 총을 맞은 무당이 비명 지를 새도 없이 즉사해버렸으니 말이다. 아니나 다를까. 금세 네 사람을 발견한 풍물패가 범상치 않은 기세로 하나둘 일어섰다.

"시작됐네."

로운은 손가락을 우두둑 꺾으며 가볍게 몸을 풀었다. 우주와 도하도 별수 없이 준비 태세를 갖추었다. 물은 이미 엎질러졌고, 누가 먼저 공격하는지의 문제만 남아 있었다. 서로의 움직임을 살피며 한창 대치하고 있던 그때, 또 한 번 굉음이 허공을 갈랐다.

"눈치 게임 해?"

답답했던 하온은 재빨리 탄환을 재장전하고 방아쇠를 당겼다.

"후우……."

부지불식간에 장정 다섯을 깔끔히 해치워버렸으나, 세 사람은 이 상황이 황당하기만 했다. 총구에서 흘러나온 연기가 공중으로 흩어지자 네 사람 사이에 어색한 기류가 형성되었다.

보다 못한 도하는 결국 불만을 터뜨렸다.

"너, 뭐냐?"

"뭐가?"

"작전이니 체계니 할 땐 언제고 독단적으로 이러기 있냐는 거지, 너답지 않게 말이야."

그제야 뒤늦게 사태를 파악한 하온은 쭈뼛거리며 말끝을 흐렸다.

"그게, 나도 모르게 감정이입이 돼서……."

"아무리 그래도 상의 한마디 없이 개인플레이 하는 건 좀 아닌 거 같다."

"저딴 잔챙이들은 혼자서도 충분히 처리할 수 있어서 그랬어. 초반부터 다 같이 힘 뺄 필요 없잖아. 시간 낭비기도 하고."

"우리 한 팀 아니었어?"

하온의 머릿속이 뒤죽박죽으로 뒤엉겼다. 저 망할 무당한테 제대로 휘말린 기분이었다. 평소라면 이렇게까지 흥분하지 않았을 텐데. 지푸라기 인형과 지은이 겹쳐 보였던 탓에 들끓는 분노를 주체할 수가 없었다. 어쩌면 지은의 복수는 허울일 뿐, 어린 시절 자신이 겪었던 일이 떠올라서였는지도 몰랐다.

풀 죽은 그녀를 보고 있자니 뒤숭숭했던 도하는 한결 너그러운 투로 말했다.

"주하온, 네 능력이 끝내주는 건 인정하는데 팀워크가 무너지면 안 되는 거잖아. 방심하는 순간 게임 오버라며."

"실은 나도 예전에 이런 굿 많이 했어. 엄마를 제외한 다른 사람들이 하도 날 귀신 들린 애로 취급하니까. 하긴 틀린 말도 아니지. 너희도 알다시피 난 반인반마니까."

하온은 갑작스레 오한이 났다. 대역죄인처럼 밧줄로 온몸이 묶인 채 무당이 퍼붓는 저주와 소금 세례를 고스란히 받아내야 했던 지난날이 떠올랐다. 당시의 무당도 꿩 깃털이 달린 빨간 갓에 빨간 한복을 입고 있었다. 하얗게 분칠한 얼굴, 관자놀이에 닿을 듯이 쭉 째진 눈매, 시뻘건 입술 새로 엿보이던 누런 앞니며 무당에게서 나던 매캐한 향냄새까지. 모든 장면이 생생했다.

"감정이입이 될 만했네. 엄마는 굿하는 거 말리지 않으셨어?"

사심 없는 우주의 질문에 하온은 들뛰는 숨을 누르고 침착하게 이야기를 이어갔다.

"엄마는 외할머니의 뜻을 꺾을 힘이 없었어. 할머니가 돌아가신 후로 굿판은 중단됐지만 그 일과는 별개로 엄마랑 나는 어디에도 정착하지 못하는 떠돌이 신세가 됐고. 정체가 탄로 날까 봐 늘 조마조마했지. 엄마랑 나는 적어도 인간 세계에서는 죽지 않거든."

우주는 그녀의 눈치를 보며 어물어물 물었다.

"실례라는 건 아는데, 너희 엄마는 어쩌다가 아빠랑 결혼하게 되신 거야?"

"일종의 사기 결혼이랄까. 악마랑 결혼하고 싶은 사람이 어디 있겠어. 내가 말했던가? 악마는 언제나 천사의 모습으로 다가온다고. 사기꾼들의 전형적인 수법이지. 아무튼 여기는 정리된 거 같으니까 다음 장소로 이동하자."

"자, 잠깐……."

도하가 무어라 말하려는데, 로운이 불쑥 끼어들어 타박을 놓았다.

"정도하, 네가 쓸데없이 시비 거는 바람에 시간만 날렸잖아."

도하는 괜스레 짜증을 내며 얼굴을 붉혔다.

"알았다고."

로운이 방해하지만 않았어도 하온에게 사과하고 뒤끝 없이 풀 수 있었는데. 아무것도 몰랐던 주제에 성질부려서 미안하다고 말이다. 못내 신경 쓰인 도하는 하온의 등만 물끄러미 바라볼 뿐이었다.

한동안 바삐 움직이던 네 사람은 길 복판에 우뚝 멈춰

섰다. 마을의 범위가 생각했던 것보다 더 광대했다. 지도에 표기된 인근 가옥만 해도 수십여 채에 달할 정도라 무작정 돌아다니는 방식으로는 어림도 없었다.

도하는 뒤통수를 박박 긁으며 인상을 찌푸렸다.

"환장하겠다. 일일이 확인해볼 수도 없고."

퍼뜩 묘안이 떠오른 우주가 들뜬 목소리로 말했다.

"지도랑 열화상 안경을 합쳐보는 건? 아까도 아이템 변형에 성공했잖아."

"이번에도 성공한다는 보장이 없어서 그렇지."

"어차피 확률은 반반 아니야?"

"되기만 한다면 적진의 위치가 바로 파악되겠네. 대신 실패해도 뭐라 하기 없기다?"

도하는 대놓고 로운을 노려봤다. 약속을 받아내기 전까지는 꿈쩍도 하지 않겠다는 듯이.

"알았으니까, 하기나 해."

마지못해 대꾸한 로운은 혀를 찼다. 줄곧 길바닥에서 시간만 허비하는 것 같아 못마땅하기 짝이 없었다. 그렇지만 지금으로서는 싫든 좋든 도하에게 기대를 걸어보는 수밖에 없었다.

"그럼 한다? 자, 자. 다들 조용."

도하는 눈을 감고 정신을 가다듬었다. 상상력을 최대치로 끌어 올려 두 가지 아이템을 조합하는 것이 관건이었다. 매일같이 연습하던 훈련이지만 번번이 실패했던 까닭에 솔직히 자신은 없었다. 도하는 오감을 총동원하여 이미지 트레이닝을 시도했다. 신경이 점점 예민해지면서 두개골 전체를 압박해오는 묵직한 두통이 밀려왔다.

　'할 수 있다. 나는 할 수 있다.'

　자기암시를 되뇌며 도하가 더욱 몰입하자 평면이었던 지도가 입체화되면서 마을의 지형이 위성 지도처럼 내려다보이기 시작했다. 드넓은 논밭, 구불구불한 국도를 따라 흐르는 시냇물 풍경을 훑어본 도하는 미간을 바짝 모으고 집중력을 유지했다. 그 순간, 한 건물의 지붕 위로 화살표가 나타났다. 저 안에 뭔가 있는 게 틀림없었다.

　"성당이야!"

　눈을 번쩍 뜬 도하는 열화상 카메라와 지도를 합성한 화면을 모두에게 공유해주었다. 얼마나 애를 썼던지 이마에 구슬땀이 송골송골 맺혀 있었다. 우주는 대견했던 나머지 도하의 어깨를 붙잡고 마구 흔들어댔다.

　"거봐, 하니까 되잖아. 최고다, 정도하!"

　그러나 기쁨도 잠시, 도하의 낯빛이 일순 어두워졌다.

"얘들아, 문제가 있어."

수상한 낌새를 느낀 로운의 눈 밑이 씰룩거렸다.

"뭔데 뜬금없이 무게를 잡고 난리야."

"적들이 지도에 보이는 것보다 훨씬 많은 것 같아. 엄청난 에너지가 느껴졌단 말이야."

"알아듣게 설명해."

"보통 체온은 붉은색이나 노란색으로 나타나기 마련인데 파란색을 띤 개체들이 포진해 있는 게 이상해서. 지도에는 표시되지 않았지만 내가 분명히 봤거든."

"파란색이라면…… 체온이 없다는 뜻인가?"

"하온이처럼 냉혈한이거나 이미 죽은 자들이거나. 둘 중 하나 아니겠어?"

도하는 침체된 분위기를 살려보고자 나름의 농담을 던졌다.

"우선 가보자. 싸워야 할 상대가 사람이든 귀신이든 달라지는 건 없으니까."

잠시 후 예배당으로 들어선 네 사람의 눈동자에 놀라움과 당혹감이 교차했다. 거룩하고 성스러운 성당의 모습은 온데간데없고 엉킨 실타래 같은 거미줄과 수북이 쌓인 먼지만 온 사방을 뒤덮고 있었다. 예배석도 아무렇게나 엎어져 있는 데다 바닥에는 산산이 깨져버린 스테인드글라스 파편이 즐비했다. 단상 뒤편에 마땅히 걸려 있어야 할 대형 십자가마저 반 토막으로 부서져 있었다. 마치 폭격을 맞기라도 한 듯 황폐한 광경이었다.

"내가 신을 믿지는 않지만, 종교를 떠나서 선을 넘은 건 확실하네."

초토화된 내부를 응시하는 로운의 목에 굵은 힘줄이 내돋쳤다. 아연해진 우주도 고개만 내저을 뿐이었다.

"누가 이런 짓을······."

하온은 터지기 직전의 무언가를 억누르듯 어금니를 굳게 물었다.

"누군지는 몰라도 배짱이 상상 초월인데? 신을 상대로 이런 발칙한 짓을 한 걸 보면······. 악마의 딸인 내가 생각해도 심했다. 앙심을 품어도 유분수지."

모두가 허망해하는 가운데 도하는 이미 답을 알고 있는 양 우쭐거리며 말했다.

"범인은 언제나 가까운 곳에 있는 법이지."

"가까운 곳?"

"지옥행 열차 타려고 대기 중인 손님들이 마침 우리 발밑에 죄다 모여 있거든."

"발밑에?"

모두의 시선이 일제히 바닥으로 쏠렸다. 허리까지 숙여가며 엉망진창인 마룻바닥을 이리저리 살펴보았지만 아무리 들여다보아도 미심쩍은 지점은 딱히 눈에 들어오지 않았다.

"숨은그림찾기는 이쯤에서 끝냈으면 하는데."

로운의 눈매가 유난히 경직돼 있었다. 화내기 직전에 짓는 특유의 표정이었다. 더 시간을 끌었다가는 험한 꼴을 당할지도 모른다고 판단한 도하는 고분고분 자기 발치를 가리켰다.

"여기 끈으로 된 손잡이 보이지? 이게 지하로 연결되는 통로야."

"등잔 밑이 어둡다고 하더니만."

"아, 진짜 너희는 나 없었으면 어쩔 뻔했냐?"

"잘난 척은 내일 하고. 그러니까 여기로 내려가면 놈들이 있다는 거지?"

"바글바글해, 아주."

장난처럼 말하긴 했어도 마루 밑을 투시하는 도하의 관자놀이에서 맥박이 빠르게 뛰었다. 저 아래에 뭐가 보이는지 솔직하게 털어놓아야 하나 고민되어서였다. 아는 게 힘이라지만 모르는 게 약인 경우도 있으니까.

"쪽 수에서 밀리니까 각오 단단히 하고. 무기도 잘 챙겨."

갈팡질팡하던 도하는 결국 팀원들의 사기 진작을 위해 후자를 택했다. 이 정도 힌트면 너끈히 알아들었을 거라 믿어보면서.

하온은 다부진 말씨로 조언했다.

"무기는 가벼운 게 좋을 거 같아. 이동이 쉬우려면 무게부터 줄여둘 필요가 있으니까."

그런데 로운은 썩 내키지 않는 얼굴이었다. 꺼림칙해서 견딜 수 없던 하온은 냅다 직구를 던졌다.

"이로운, 할 말 있으면 해. 뚱해 있지 말고."

로운은 나지막하면서도 완고한 톤으로 말했다.

"도하 말대로라면 일 대 다수의 싸움이 될 텐데, 강력한 무기로 초장에 다 쓸어버리는 편이 낫지 않을까 싶어서."

"상황이 바뀌면 거기에 맞게 대처하는 걸로. 됐지?"

"그래, 가자."

로운은 짧게 심호흡한 다음 손잡이를 잡아당겼다. 한바탕 먼지바람이 일며 덜커덕 문이 열렸다. 드디어 비밀의 입구와 마주하게 된 네 사람은 무기를 꽉 쥔 채 계단을 내리

밟았다. 때마침 네 사람의 정수리 위로 전광판이 떠올랐다.


**악몽이 40분 뒤에 종료됩니다.**

# 악몽을 삼킨 소년들

벽면에 달린 램프가 어둑한 통로를 미약하게나마 밝히고 있었다. 사위는 더없이 조용했으나 아이들은 경계를 늦추지 않고 한 발씩 조심스레 나아갔다.

"뛰는 것도 아닌데 왜 자꾸 허벅지에 힘이 들어가지?"

도하의 귀밑으로 자잘한 소름이 돋아났다. 꿉꿉하고 퀴퀴한 공기를 들이마실 때마다 숨통이 죄는 기분이었다. 걸음걸이에서도 확연한 불안감이 엿보였다.

"악마들의 소굴이라 그런가. 기운부터 싸하네."

로운도 손마디가 저릿저릿했다. 만에 하나 이 좁은 통로에서 적들이 떼로 덤벼들기라도 한다면……. 상상하기도 싫었지만 가슴 한구석에 근심이 화산재처럼 쌓여갔다. 영 마음이 놓이지 않았던 로운은 눈썹을 올리며 말했다.

"도하, 아까 합성한 지도 좀. 놈들이 어디쯤 매복해 있는지 알고 가자."

"어, 지도?"

갑작스러운 요구에 도하는 움찔했다. 그의 얼굴에 오만 가지 표정이 변화무쌍하게 스쳐 갔다. 모두를 위해 신중하게 내린 결정이었건만 이제 와 호떡 뒤집듯 번복할 수도 없는 노릇이었다. 도하는 감정을 절제하며 이성적인 태도를 지키려 안간힘을 썼다. 하지만 이런 사정을 알 턱 없는 세 사람은 너도나도 도하를 닦달하기 바빴다.

"왜 그러고 서 있어?"

"꾸물거리지 말고, 도하야."

"그래, 지도가 있어야 우리도 대비할 거 아니야."

전전긍긍하는 도하의 시야가 어지럽게 넘실거렸다. 그런 중에도 아이들의 성화는 돌림노래처럼 끊이지 않았다. 궁지에 몰린 도하는 주저하다가 더는 버틸 재간이 없다는 듯 질끈 눈을 감아버렸다. 지도를 불러오기 위해 흐트러진 정신을 한데 모으고 있을 즈음이었다.

**사용 제한 구역에서는 선택한 아이템을 사용할 수 없습니다.**

어두침침한 바닥에 난데없이 전광판이 등장했다.

"이건 또 무슨……."

로운의 동공이 소용돌이쳤다. 다른 아이들도 의심스러운 눈으로 화면에 적힌 내용을 한 글자씩 또박또박 읽어보았다. 혹시라도 놓친 행간은 없는지 몇 번이고 되짚었지만 오독이 아니었다. 오해도 아니었다. 굳이 쉬운 말로 풀이하자면 망했다는 뜻이었다.

"무료 와이파이도 아니고……. 지하실이라서 안 터지는 거야, 뭐야?"

생각지도 못한 상황이었던 터라, 도하조차도 혼란스러웠다.

"사용 제한 구역이라니? 하온아, 넌 아는 거 없어?"

안절부절못하던 우주는 심지어 발까지 동동 굴러댔다.

"글쎄, 나도 잘……."

하온 역시 난색을 드러내며 다음 말을 잇지 못했다. 이렇게 된 이상 도하는 수습해야만 했다. 본의는 아니었다고 하나 자신의 판단 착오에 대한 책임을 통감하면서.

도하는 눈을 까막거리며 띄엄띄엄 말을 이어 붙였다.

"음, 얘들아. 저기, 통로 끝까지 걸어가서 오른쪽 코너를 돌면 넓은 공간이 나와. 놈들은, 거기 모여 있어."

돌림노래 같던 성화가 그치고 이번엔 원성이 포탄처럼 날아왔다.

"야, 그걸 왜 지금 얘기해?"

"참 빨리도 말하네. 어이가 없다."

"다 기억하고 있었으면 진즉에 알려줘도 됐잖아."

"내 딴엔 너희를 위하느라 그런 거였다고……."

도하의 턱에 간당간당 걸려 있던 침이 목 밑으로 꿀렁 넘어갔다.

"됐고, 빨리 놈들 있는 데로 가자."

로운이 무기를 고쳐 쥐려는 찰나, 통로 저편에서 웬 발소리가 들려왔다. 누군가 이쪽으로 걸어오고 있는 게 분명했다. 네 사람은 일시에 동작을 멈추고 전방을 뚫어지게 주시했다. 얼마 지나지 않아 어둠에 가려져 있던 누군가가 뿌연 램프 아래로 모습을 드러냈다. 후줄근한 셔츠에 헐렁한 바지를 입은 중년 남자가 한쪽 다리를 절름거리며 다가오고 있었다. 평범한 외양과는 달리 그의 손에 들린 낫은 한눈에 보기에도 날이 시퍼렇게 서 있었다.

남자는 네 사람을 내립떠보며 비아냥거렸다.

"여기는 어떻게 들어왔을까? 아무나 막 들어오고 그러면 안 되는 곳인데."

로운은 반항심으로 점철된 까칠한 말투로 정색했다.

"아저씨, 저희가 좀 바쁘거든요."

"그래서?"

"어차피 안 비켜주실 거잖아요. 선공하시죠."

"머리에 피도 안 마른 녀석이 패기 한번 좋구나. 버릇이 없는 건가."

"아저씨는 말이 너무 많고요!"

지체할 여유가 없던 로운은 양손에 움켜쥔 단검을 동시에 휘둘렀다. 남자는 잽싸게 낫을 들어 받아쳤지만, 자유자재로 쌍칼을 다루는 로운의 솜씨에 당황한 눈치였다. 그사이에 로운은 단검을 획획 내두르며 기습했다. 남자는 뛰어난 반응 속도로 막아낸 뒤 곧바로 역공을 가했다. 그렇게 두 사람이 엎치락뒤치락 공방을 벌이는 동안 지하 통로에는 날끼리 부딪치는 쇳소리만 메아리치듯 울려 퍼졌다. 막상막하의 접전이 한창 이어지던 그때, 돌연 로운이 멈칫거렸다. 남자의 스텝과 몸놀림에서 왠지 모를 기시감이 느껴졌기 때문이다.

'설마······.'

방심한 틈에 예리한 날이 아찔하게 로운의 얼굴 옆을 지나갔다. 그러나 그것도 본능적으로 피한 것일 뿐, 로운의 머릿속은 팽이처럼 핑핑 돌고 있었다. 악몽이 떠올라서였을까. 삽시간에 호흡이 엉키고 칼을 그러쥔 손아귀에서 스르르 힘이 빠져나갔다. 착각인지는 몰라도 어디선가 피비린내가 나는 듯하더니 이내 시야마저 새카맣게 변했다.

지켜보던 도하가 초조한 기색으로 외쳤다.

"이로운, 시간도 촉박한데 총으로 확 쏴버리자!"

이미 도하는 권총으로 남자를 조준한 상태였다. 당장이라도 발포는 가능했지만, 팀워크 운운하며 하온과 다툰 적이 있으니 섣불리 방아쇠를 당길 수가 없었다.

"너희 먼저 가. 아무래도 이건 내가 끝내야 할 싸움인 것 같다."

겨우 정신을 차린 로운은 다시금 매서운 눈빛을 발하며 남자에게 시선을 고정했다.

"야, 너까지 왜 그래? 네 싸움 내 싸움이 어디 있다고!"

"그놈이야, 내 악몽에 나타나 칼부림한다던……. 빨리 가. 나도 금방 따라갈게."

로운의 음성에는 그 누구도 꺾지 못할 단연한 결심이 깃들어 있었다.

잠시 뜸을 들이던 도하는 미간에 깊은 주름을 잡고서 말했다.

190

"오 분 내로 와라."

우주도 걱정은 일단 접어두기로 하고 그의 결정에 지지를 보냈다.

"이따 보자!"

하온은 어찌 돌아가는 판국인지 갈피가 잡히지 않는 까닭에 선뜻 발이 떨어지지 않았다.

"저대로 버려두고 우리끼리 가자고?"

"금방 온다잖아."

"아까는 개인플레이가 어쩌고 하더니……."

"상황이 바뀌었어. 상황 바뀌면 거기에 맞게 대처하자며. 노닥거릴 시간에 가서 한 놈이라도 더 해치우자. 그게 도와주는 거니까."

도하는 머뭇거리는 하온의 손목을 잡고서 통로 끝을 향해 달려갔다. 악몽 속에 또 다른 악몽이 존재하는 것 같다는 생각을 떨치지 못한 채로.

세 사람이 쉼 없이 달려 도착한 곳은 석관(石棺)들이 빽빽하게 들어찬 공동묘지였다.

도하는 희한하다는 듯 주위를 쓱 둘러보며 말했다.

"로마 대성당인 줄. 이런 시골 성당에 웬 지하 묘지야? 지도로 봤을 땐 그냥 넓은 공간이구나 했는데 공동묘지였네.”

“공동묘지는 보통 관을 매장한 후에 네모난 대리석으로 덮어놓지 않아? 관들이 통째로 밖에 나와 있으니까 좀 으스스하다. 왠지 저 안에 미라가 들어 있을…….”

우주의 말이 끝나기도 전에 갑자기 지축을 울리는 굉음과 함께 건물 전체가 흔들렸다. 지진이라도 난 것처럼 바닥이 요동치고 천장에서는 돌가루가 쏟아져 내렸다. 덜커덩하며 들썩이던 석관의 뚜껑들도 거센 진동을 이기지 못하고 순차적으로 열리기에 이르렀다. 모두가 조마조마해하던 그 순간, 수십여 개의 관 속에서 무언가가 하나둘씩 기어 나오기 시작했다.

“뭐, 뭐지? 정말로 미라야? 아니, 좀비인가?”

단박에 눈이 커진 우주는 혼란스러운 눈길로 두리번거렸다. 정체성이 모호한 무언가를 한마디로 정의하기는 어려웠지만 인간의 골격만 간신히 갖춘 살아 있는 시체에 가까웠다. 피가 다 빠져나가 썩어 문드러진 몸에는 살점의 흔적만 희미하게 남아 있었다.

정도의 차이는 있었다. 어떤 놈은 살가죽이 모조리 벗겨져 허연 뼈대만 보이는가 하면 광대뼈가 도드라진 얼굴이기는 해도 눈코입이 멀쩡히 달려 있는 놈도 더러 있었다.

그러나 무리의 대다수는 초점 없는 새빨간 눈과 절반쯤 녹아내린 얼굴, 너덜거리는 몇 조각의 살점들이 깡마른 팔다리에 간당간당 붙어 있는 모양새였다.

"아까부터 불길하다 했다. 파란 개체들이 쟤네였어?"

도하가 혼잣말을 내뱉는 사이 송장인 듯 송장 아닌 놈들이 서서히 근접해왔다. 가까워질수록 역한 비린내가 풍겨오는 탓에 절로 헛구역질이 났다.

"격투랑 방어 무기 모두 착용해. 원거리든 근거리든 양손 무기든 상관없으니까."

하온은 비장한 어조로 다그쳤지만 우주는 뭔가 마음에 걸린다는 표정이었다.

"또 뭔데?"

"사용 제한 구역이라 선택한 무기 못 쓰게 될까 봐 걱정돼서. 그땐 어떡해?"

"각자 알아서!"

하온은 어느새 사정권 안으로 들어온 놈들을 향해 지팡이를 휘둘렀다. 그러자 지팡이에서 얼음 구슬이 총알처럼 발사되며 반경 3미터의 적들을 모두 얼려버렸다. 그새를 놓칠세라 하온은 놈들의 등 뒤로 순간 이동해 다른 손에 쥐고 있던 손도끼로 한 놈씩 내리찍었다. 딱딱하게 굳은 반송

장들은 차례로 박살 나며 형체도 없이 사라졌다.

곧이어 권총과 손목 방패로 무장한 도하도 공격에 가담했다. 권총의 방아쇠를 당길 때마다 총격을 받은 적들이 하나둘 맥없이 쓰러졌다. 그런데 개중에는 별 타격을 입지 않고 비틀거리기만 하는 놈도 있었다. 공격이 먹히지 않는 이유가 무엇일까, 궁금해하던 차에 하온이 쩌렁쩌렁하게 소리쳤다.

"머리, 발목을 공격해야지! 시체나 다름없는데 심장이 있겠냐고!"

뒤늦게 간과했던 사실을 깨달은 도하는 놈들의 머리와 발목을 겨냥해 조준 사격에 돌입했다. 한편 보호 장구가 따로 필요 없는 우주는 강철 장갑과 해머를 사용해 몰려드는 좀비 떼를 일망타진하고 있었다. 걱정이 많아서 그렇지 강력한 전투력을 지닌 그였기에 덤벼드는 족족 기함하며 나동그라졌다. 쪽 수로는 불리한 형편에서도 파죽지세로 승기를 잡은 세 사람은 공격에 더욱 박차를 가했다. 마침 공동묘지로 들어선 로운이 바닥에 널브러진 괴생명체들을 뜨악한 눈초리로 바라보며 말했다.

"나 왔는데…… 벌써 끝난 거야? 이럴 줄 알았으면 더 천천히 올걸."

도하가 치열하게 공격을 퍼부으며 숨찬 목소리로 대꾸했다.

"안 그래도 손 모자라던 참이었거든? 아직 안 끝났으니까 놀지 말고 합류해. 바퀴벌레도 아니고 계속 기어 나와서 미치겠다."

"로운아, 너…… 다쳤어?"

핏자국으로 얼룩진 로운의 윗옷에 눈길이 머물던 바로 그때, 좀비 무리가 맹렬하게 달려들더니 우주의 오른팔을 물어뜯기 시작했다. 불시에 습격을 당한 우주는 겁에 질리다 못해 공황 상태에 빠지고 말았다. 눈자위에 시뻘건 피가 고인 놈들은 서로 뒤엉킨 채로 팔뚝의 살점을 인정사정없이 물어뜯었다.

하온이 목청껏 외쳤다.

"우주 좀 도와줘, 어서!"

선택의 여지가 없던 로운은 단 몇 초 만에 소환한 창으로 우주의 팔을 날렵하게 베었다. 만신창이가 된 우주를 로운이 부축하여 자리부터 옮겼다. 놈들로부터 떼어놓는 것이 급선무였다.

"우주야, 괜찮아?"

다행히 잘린 오른팔은 장갑 덕에 얼마 지나지 않아 재생

되었으나 넋이 나간 우주의 얼굴에서는 어떤 감정도 읽히지 않았다. 처참한 모습을 보고 있으려니 로운은 가슴을 찌르는 괴로움이 느껴졌다. 이미 죽은 자들이라는 걸 알면서도 몇백 번이고 찢어 죽이고 싶을 만큼 화가 치밀어 올랐다. 이 와중에도 팔에 묻은 찌꺼기까지 핥아먹고 있는 꼴이라니. 놈들을 도저히 용서할 수 없었던 세 사람은 살기등등한 기세로 복수를 단행했다. 세 사람의 울분과 분노는 움직이는 시체들을 향해 그치지 않고 휘몰아쳤다. 그렇게 한 놈도 남김없이 적들을 섬멸시켰을 무렵 역겨운 공기로 그득한 천장에 전광판이 떠올랐다.

**악몽이 1분 뒤에 종료됩니다.**

아이들은 그제야 가쁘게 어깻숨을 몰아쉬며 태풍이 할퀴고 지나간 듯한 내부를 휘둘러보았다.

도하는 크게 한숨을 내뱉으며 구석에 앉아 있는 우주에게 말을 걸었다.

"싹쓸이하고 났더니 좀 후련하네. 나우주, 가출한 정신은 돌아왔냐?"

우주는 입술 끝을 힘겹게 들어 올리며 대답했다.

"완전히는 아니지만 아까보다는 나아졌어. 고마워, 얘들아."

"아, 맞다. 장갑."

문득 잃어버린 우주의 장갑이 떠오른 도하는 유심히 바닥을 살펴보았다. 때마침 근처에 떨어져 있는 장갑이 눈에 들어왔다. 한달음에 달려간 도하는 장갑을 집어 들었다. 시간 내에 찾아서 천만다행이라며 안도하는 그 순간, 삽시간에 땅이 꺼지더니 석관들이 굉음을 내며 하나둘씩 가라앉기 시작했다. 공동묘지뿐 아니라 성당 전체가 무너질 것 같은 일촉즉발의 상황이었다.

"와, 하마터면 죽을 뻔했네."

딱 한 걸음만 더 내디뎠으면 죽음을 면치 못했을 거라고 생각하니 도하는 전신에 와르르 소름이 돋아났다. 수십 개의 석관이 놓여 있던 자리에는 형용하지 못할 만큼 거대한 구멍이 뚫려 있었다. 오싹해진 도하가 몇 발짝 물러선 채로 아득한 깊이의 싱크홀을 내려다봤다. 마지막 경고를 알리는 전광판이 나타났다.

**악몽이 10초 뒤에 종료됩니다.**

"이러다 다 무너지겠어. 얼른 빠져나가자."

"정도하, 빨리 와. 문 열렸어!"

조바심 섞인 아이들의 외침이 들려오자 망연히 서 있던 도하도 곧 돌아섰다. 싱크홀과 자신의 악몽이 오버랩되는 건 기분 탓이라 여기면서.

"같이 가!"

그때 무언가가 도하의 발목을 움켜잡고 확 잡아당겼다. 별안간 도하가 구멍 아래로 끌려 들어가는 장면을 목격한 하온은 순간 이동으로 싱크홀에 뛰어들었다. 떨어지는 도하를 낚아채듯 안고 밖으로 힘껏 내던진 게 차원의 문이 닫히기 일보 직전에 벌어진 일이었다.

**악몽이 종료되었습니다.**

하온이 자취도 없이 사라지고, 종료를 알리는 전광판만 점멸등처럼 깜빡였다.

\*

습관처럼 부실에 모여 앉아 있기는 했지만 비통에 잠긴

세 사람은 내내 침묵했다. 하온이 없다는 사실이 실감 나지 않는 까닭에 세 사람의 시선은 자꾸만 그녀의 빈자리로 향했다.

"나 때문이야. 나만 아니었어도……."

도하는 하루하루 야위어갔다. 잠도 못 자고 밥도 먹지 못한 채로 며칠을 보내는 동안 하온에게 잘못한 일만 생각났다. 그때 사과했어야 하는데, 그날이 마지막 기회라는 걸 알았다면 미안하다고 말했을 텐데.

이제는 무슨 수를 써도 마음을 전할 수 없게 되었다. 방심한 사람은 자신인데 아무 죄도 없는 하온이 희생양이 되어 악몽에 갇히고 말았다. 누구도 아닌 바로 자신의 악몽 속에 말이다. 결국 그 구멍은 아빠와 하온을 앗아갔다. 전부 자신의 잘못인 것 같았다. 아빠를 구하지 못한 것도, 하온이 꿈에 갇힌 것도. 모든 게 자신 때문이었다.

무거운 한숨을 내쉬는 로운의 얼굴에도 그늘이 짙게 드리웠다.

"도하야, 마음은 알겠는데 너무 자책하지 마. 사고였잖아."

애써 감정을 억누르는 우주도 목울대가 크게 움직였다.

"그래, 로운이 말이 맞아. 이러면 너만 더 힘들 뿐이야."

"억지로 위로 안 해도 돼. 내 잘못 맞으니까. 내가 하온이를 그렇게 만든 거야."

도하는 눈시울을 붉히며 빈 의자를 응시했다. 하온의 모습이 흐릿하게 보이는 것만 같았다. 하온의 목소리도 여전히 귓전에 생생하게 맴돌았다. 눈앞에 앉아 있어야 할 하온이 없다는 게 오히려 꿈처럼 느껴졌다. 그러나 그녀는 돌아오지 않았다. 그녀가 사라지면서 어찌 된 일인지 세 사람의 악몽도 깨끗이 사라졌지만, 이상하게도 불면의 밤은 계속되었다. 시간이 흐르면 희미해질 줄 알았던 기억도 세 사람의 뇌리에 각인된 채 선명하게 남아 있었다. 그녀의 빈자리가 이렇게 클 줄은 아무도 몰랐다.

더 이상 악몽을 꾸지 않게 된 세 사람은 자연스레 동아리 활동에 소홀해졌다. 그리움이 크면 슬픔도 깊어진다는 이유로 부실에서 모이는 일도 점차 줄어들었다. 한 번도 누려보지 못한 평범한 일상으로 돌아갔으나 기쁘기는커녕 공허하기만 했다. 뭘 해도 재미가 없고, 뭘 먹어도 맛이 느껴지지 않는 채로 지내다 보니 어느덧 여름방학이 끝났다. 2학기가 되어서도 별로 달라진 건 없었다. 담임 선생님이 출석부를 확인하며 하온이는 오늘도 안 왔냐고 물어볼 때마다 빈자리만 새삼 상기될 뿐이었다.

그러던 어느 날, 뜬금없이 우주가 부실 청소를 하자고 제안했다. 비워둔 지 너무 오래되었다면서.

"그러자, 집에 가도 어차피 할 일 없는데. 이로운, 같이 갈 거지?"

"그래, 뭐."

도하와 로운은 시큰둥한 표정이었지만 싫어하는 기색은 아니었다. 그동안 부실 관리를 하지 않았던 건 사실이니까. 뜸하기는 했어도 동아리를 해체한 것도 아니었으니 말이다.

오랜만에 별관에 들어선 세 사람은 아무런 감흥 없이 부실로 향했다.

"아, 열쇠는?"

도하의 질문에 답하는 대신, 로운은 바지 주머니에서 열쇠를 꺼냈다. 이미 습관이 되어서 매일 학교 가기 전에 열쇠를 챙겨 나온 탓이었다. 열쇠 구멍에 열쇠를 꽂으려던 그때, 로운이 이맛살을 찌푸렸다.

"잠깐만."

우주와 도하는 왜 그러느냐는 듯 눈만 끔벅거렸다. 그러자 로운은 손가락으로 가만히 문을 가리켰다. 잠겨 있어야 할 문이 조금 열려 있었다. 두 사람은 설마, 하며 일제히 고개를 갸웃거렸다.

"이번엔 진짜 도둑 아니야?"

"훔쳐 갈 게 있기는 하고? 한동안 비워둬서 다른 애들이 들어갔나……."

"일단 들어가보자."

세 사람은 문을 열어보았다. 안으로 한 걸음 들여놓자 몹시도 익숙한 실루엣이 세 사람의 시선을 사로잡았다. 어안이 벙벙해서 아무도 입을 열지 못했다. 창가 쪽으로 등지고 서 있던 하온이 느릿하게 돌아섰다. 검고 부드러운 머릿결, 도화지처럼 흰 피부, 아몬드색 눈동자. 부실에서 처음 만났던 날 모습 그대로였다.

"먼지 쌓인 거 봐라."

목소리도 말투도 모든 게 똑같았다. 만약 하온을 다시 만나면 울음부터 터질 줄 알았는데, 꿈인지 생시인지 분간이 되지 않아 다들 그녀를 멀뚱멀뚱 쳐다보기만 할 따름이었다.

"단체로 꿀 먹고 왔어?"

도하가 얼떨떨한 눈으로 물었다.

"어, 어떻게 된 거야?"

마주 보고 있는데도 도무지 믿어지지 않았다.

"아빠한테 잡혀 있었어."

"잡혀 있었다니?"

"그날 네 발목 잡은 거 우리 아빠가 한 짓이었어. 내가 대신 사과할게, 미안."

"그건 괜찮은데, 잡혀 있었다면서 무슨 수로 빠져나왔어?"

하온은 어깨를 으쓱거리며 대수롭지 않게 말했다.

"아빠 일에 절대로 관여하지 않겠다는 각서 쓰고 겨우 풀려났지. 물론 뻥이지만. 어쨌든 현실 세계로 돌아오려면 그 방법뿐이라서."

그제야 세 사람의 입가에 미소가 번졌다. 로운은 특유의 말투로 인사를 건넸다.

"여전하네, 주하온. 현실로 돌아온 걸 환영한다."

"영혼 없는 환영 인사, 고마워."

하온 역시 나이트메어 플레이어의 부원이 되었던 그날처럼 답하며 긴 머리칼을 쓸어 넘겼다. 서로를 응시하는 네 사람의 얼굴에 서서히 웃음꽃이 피어났다. 눈가에서 뜨거운 눈물이 흘러내리는데도 자꾸만 웃음이 났다. 네 사람의 인연처럼 이상하고 반가운 기분이었다.

## 에필로그

모든 일은 그곳에서부터 시작되었다. 핏빛 태양이 시야를 압도하던 저녁 무렵. 아빠는 한순간에 싱크홀로 추락해 버렸고 나는 눈앞에서 벌어지는 일을 받아들이지 못했다. 당시 여섯 살이었던 나는 커다란 구멍에 사는 괴물이 아빠를 집어삼켰다고만 생각했다. 그즈음 한참 빠져 있던 만화 영화 때문인지도 모르겠다. 아무튼 그 생각은 열일곱 살이 된 지금까지도 변함없이 내 머릿속을 지배하고 있다.

나는 매일 밤 악몽을 꾼다. 아빠는 날마다 추락하고 검은 그림자처럼 보이는 거대한 괴물은 끝없는 구멍 속으로 아빠를 데려간다. 살려달라고 울부짖는 아빠를 눈앞에 두고도 내가 할 수 있는 건 아무것도 없다.

할머니는 그날에 대해 천재지변으로 인한 불운한 사고

일 뿐 절대로 내 탓이 아니라고 단정했지만 할머니가 모르고 있는 사실이 하나 있었다. 아빠를 죽게 한 건 바로 나라는 것. 하지만 진실은 아빠의 유해와 함께 영원히 묻혀버렸다.

그날은 내 생일이었다. 갖고 싶은 게 있냐는 엄마의 물음에 난 일말의 주저함도 없이 운동화라고 답했다. 엄마는 집에 운동화가 한 트럭이나 된다며 잔소리를 늘어놓았다. 운동화가 많은 건 맞지만, 늘 엄마가 골라준 탓에 내 취향의 운동화는 하나도 없었다.

내가 진짜로 갖고 싶은 건 변신 로봇 캐릭터가 그려진 운동화였다. 찍찍이에 달린 로봇의 얼굴에서 번쩍번쩍 불도 들어오는 멋진 운동화였다. 그걸 신고 유치원에 갈 상상을 하니 머리카락이 쭈뼛 설 만큼 기분이 좋았다. 물론 엄마는 안 된다고 단호하게 말했지만. 잔뜩 실망하고 있던 그때 아빠가 귓속말로 이야기했다.

"아빠가 운동화 사줄게. 엄마한테는 비밀이다?"

난 간질거려서 어깨를 조금 움츠리긴 했지만 소리 내어 웃지는 않았다. 아빠가 비밀이라고 했으니까. 문제는 엄마한테 들키지 않고 쇼핑몰까지 가는 거였다. 아무리 생각해 봐도 내 머리로는 방법이 떠오르지 않았다.

"여보, 도하랑 목욕탕 갔다 올게."

아빠는 역시 천재였다. 기막힌 작전 덕에 무사히 집을 빠져나가는 데까진 성공했는데 또 다른 문제가 기다리고 있었다. 목욕탕까지는 걸어서 오 분 거리였고 쇼핑몰은 차를 타고도 이십 분은 가야 했다. 엄마의 의심에서 완전히 벗어나려면 자동차는 그대로 두고 걸어가는 척할 수밖에 없었다. 아빠와 나는 버스 정류장으로 향했다.

버스를 타고 가는 내내 나는 창밖의 풍경 대신 아빠 얼굴을 구경했다. 아빠와 단둘이 시간을 보내는 건 거의 처음 있는 일이라 그저 신기하기만 했다. 아빠는 그런 내 손을 잡아주고 미안하다고 말했다. 아빠의 표정이 조금 신기해서 한참을 쳐다봤다. 입은 웃고 있는데 눈에 눈물이 그렁그렁 고여 있었기 때문이다.

쇼핑몰 근처 정류장에서 내린 우리는 인도를 따라 걸어갔다. 보도블록이 오래되어 울퉁불퉁하고 군데군데 깨진 데도 있었다. 조심하려고 했는데 삐뚤게 솟아오른 블록에 발이 걸려 그만 넘어지고 말았다. 딱 한 걸음 앞에서 걷던 아빠가 놀라서 돌아본 바로 그때였다. 아빠가 밟고 있던 보도블록이 와르르 무너지면서 커다란 구멍이 생겼다.

"도하야, 오지 마!"

아빠는 그 말만 남기고 눈앞에서 사라져버렸다. 너무 무서웠던 나는 바닥에 납작 엎드린 채 울기만 했다. 구멍 속을 들여다보고 싶은데, 아빠가 오지 말라고 해서 나는 이러지도 저러지도 못하고 목이 찢어져라 아빠만 불러댔다. 곧 사람들이 몰려왔다. 누군가 나를 들어 안고 어디론가 가버렸다. 그리고 여기까지가 내가 기억하는 전부다.

눈을 떴을 땐 병원이었다. 울다가 끝내 까무러친 나를 병원에 데려다준 사람은 버스 정류장 옆에서 솜사탕을 팔던 아저씨였다. 엄마와 할머니가 나란히 응급실로 뛰어 들어왔다. 엄마와 할머니는 나를 번갈아 안으며 서럽게 울었다. 누가 더 잘 우는지 시합이라도 하는 것처럼 쉬지도 않고 울었다.

"불쌍한 내 새끼! 불쌍한 내 새끼를 어떡하면 좋아……."

할머니가 나를 꼭 끌어안고 있어서 처음엔 나한테 하는 말인 줄 알았는데, 듣다 보니 왠지 나한테 하는 말이 아닌 것 같은 기분이 들었다. 나는 무릎이 조금 까졌을 뿐 말짱했으니까.

"아빠는요?"

나의 질문에 엄마도 할머니도 대답해주지 않았다. 그 순간 나는 다시는 아빠를 만날 수 없다는 걸 본능적으로 알 수 있었다. 모든 게 내 잘못이었다. 엄마한테 거짓말해서 벌을 받았다. 운동화도 많은데 또 사달라고 떼를 써서 천벌을 받은 것이다. 내가 욕심부려서 아빠가 어린 나 대신 그 벌을 다 받은 게 분명했다. 그날 쇼핑몰에 가지 않았다면. 멍청하게 넘어지지 않았다면. 아빠 손을 놓치지 않았다면.

사고 이후, 나는 매일 악몽을 꾼다.

내 세계는 여섯 살 꼬마 안에 갇혀버렸다.

*

"다녀오겠습니다."

닳아빠진 운동화를 신으며 벽에 걸린 거울을 슬쩍 쳐다보자 헬쑥한 얼굴이 비쳤다.

할머니가 뒤통수에 대고 말했다.

"정도하, 학교 마치면 딴 데 새지 말고 곧장 집으로 와. 짜장면 먹으러 갈 거야."

나는 작게 대꾸하고는 현관을 나섰다. 그러고 보니 중학교 입학식 날도 짜장면을 먹었던 것 같다. 다른 점이 있다면 그때는 할머니가 학교까지 따라왔다. 초등학교 입학식 때 나비넥타이에 아동용 턱시도까지 입히는 바람에 부끄러워서 내내 얼굴도 들지 못했다. 등 뒤에서 들려오는 아이들의 수군거림도 내 얼굴을 빨갛게 만들기에 충분했다.

"쟤네 엄마, 꼭 할머니 같아."

"할머니 같은 게 아니라 할머니야. 쟤 엄마 없대."

나는 일부러 못 들은 척했다. 어째서 엄마 대신 할머니가 입학식에 왔는지 설명하려면 무척이나 긴 시간이 필요했기 때문이다. 짜장면을 먹으면서 할머니한테 그 이야기를 했더니 인간은 원래 남에 대해 함부로 말하는 걸 좋아하는 종자라고 답해주었다.

할머니는 꽤 유명한 동화 작가였다. 지난 사십 년 동안 책이 많이 팔려서 돈도 많았다. 그 탓에 남들이 보면 걱정 따윈 모르고 사는 우아한 노부인처럼 보일 테지만, 나이 서른에 남편을 잃고 쉰이 되던 해에 자식을 앞세운 할머니 생각은 좀 달랐다.

"나처럼 박복한 팔자도 없을 거야. 아이고, 내 팔자야."

아빠가 돌아가신 다음 해에 다른 남자와 재혼해버린 엄마는 친할머니한테 나를 맡겼다. 그런 이유로 할머니는 내가 엄마의 엄 자만 꺼내도 질색했다.

나중에 듣기로는 엄마랑 결혼한 남자는 내 존재에 대해 까맣게 모른다고 했다. 홀가분하게 새출발하고 싶었던 엄마에게 난 그저 무거운 짐에 불과했던 모양이다. 아니, 어쩌면 엄마는 화가 풀리지 않아서 나를 버렸는지도 모른다.

불행 중 다행은 성격은 다소 괴팍하지만 부자인 할머니가 나를 십 년째 키워주고 있다는 것이다. 할머니는 그렇게 나의 유일한 가족이 되어주었고, 박복하다느니 팔자가 어떻다느니 하는 말은 두 번 다시 하지 않았다. 정확히 언제부터였는지는 잘 모르겠지만.

입학식이 끝나고 신입생들은 차례차례 교실로 이동했다. 나도 무리에 섞여 1학년 3반 교실로 향했다. 아직 정식으로 자리 배정이 되지 않은 상태라 나는 맨 끝 창가 자리에 앉았다. 선생님이 들어오길 기다리고 있는데 옆자리에 누군가 앉았다. 어색해진 내가 창밖으로 시선을 돌리는데 옆자리 녀석이 뜬금없이 말을 걸어왔다.

"같은 반이네?"

새 학년, 새 학기인 만큼 인사를 건네는 건 잘못된 행동이 아니었지만 마치 나를 알고 있다는 어감이 묘하게 신경 쓰였다. 시비를 걸려는 의도는 아니었는데, 그래서 말이 좀 삐딱하게 나갔다.

"나 알아?"

"당연하지. 어제도 봤는데."

"어제?"

나는 어제 하루 종일 집에만 있었다. 아니, 중학교 졸업식 이후 집 밖으로 나온 건 오늘이 처음이었다. 그런데 무슨 수로 나를 봤다는 거야?

"그제도 봤고, 엊그제도 봤어."

하지만 녀석의 반응은 진지했다. 그냥 무시하려는데 그 애의 입에서 뜻밖의 단어가 튀어나왔다.

"싱크홀."

"방금 뭐라고 했어?"

"싱크홀에 빠진 아저씨, 너희 아빠 맞지? 이따 학교 끝나고 보자. 할 얘기가 많을 것 같으니까."

마침 교실로 들어온 선생님을 발견한 녀석은 대충 얼버무렸다. 나는 입술을 깨문 채 그 애의 옆얼굴을 물끄러미 쳐다봤다. 불현듯 숨이 가빠지고 맥박이 빠르게 뛰기 시작했다. 나는 빠의 사고에 관해서 누구에게도 말한 적이 없다.

오리엔테이션이 끝나기만을 기다렸다. 녀석이 어떻게 우리 아빠에 대해 알고 있는지 궁금해서 선생님이 하는 이야기가 하나도 귀에 들어오지 않았다.

학교 앞 편의점에서 보자고 한 녀석은 한참 만에 나타났다. 나는 짜증이 치미는 걸 꾹 참으며 표정 관리를 했다. 지금으로서는 저 녀석이 갑이고 내가 을이었으니 별도리가 없었다.

　나는 어금니를 꽉 깨물며 물었다. 그게 내가 최대치로 베풀 수 있는 친절이었다.

　"이제 말해줄래?"

　"이로운."

　"뭐?"

　"내 이름 이로운이라고. 넌?"

　"정도하."

　둘 다 아직 명찰이 없었다. 그렇지만 내가 알고 싶은 건 녀석의 이름이 아니었다.

　"됐지? 이제 말해. 아까 그 얘기 뭐야? 네가 우리 아빠를 어떻게 아냐고."

　"말했잖아, 봤다고."

　"무슨 말도 안 되는……."

　나는 주먹을 불끈 쥐고 두 눈을 부릅떴다.

　"미친 소리라는 거 알아. 나도 처음엔 못 믿었으니까. 근데 진짜로 봤어. 꿈속에서 말이야."

　로운의 얼굴에 그나마 남아 있던 웃음기가 깨끗이 지워졌다. 이제 보니 녀석은 제정신이 아닌 것 같았다. 그것도 모르고 삼십 분이나 기다렸다니. 자신이 한심하게 느껴져 발길을 돌리려는데, 녀석이 다급하게 말을 꺼냈다.

"어떻게 설명해야 좋을지 모르겠는데 아무튼 며칠 전부터 이상한 꿈을 꾸기 시작했어. 쇼핑몰 앞 인도가 푹 꺼지면서 싱크홀이 생겼고, 어떤 아저씨가 거기에 빠지는 꿈. 그리고……."

"잠깐만, 그 아저씨가 우리 아빠라는 건 어떻게 알아?"

"네가 아빠, 하고 소리쳤으니까."

"그러니까 네가 꿈에서 내 꿈을 봤다는 거야? 말이 돼?"

"말은 안 되지만 결론은 그래."

잠시 정적이 흘렀다. 무슨 말을 해야 할지 떠오르지 않았다. 멍하니 넋을 잃고 있는데 로운이 담담하게 덧붙였다.

"혹시나 해서 묻는 건데, 너 최근에 마니차 사지 않았냐?"

"뭐?"

"굴다리 옆 잡화점 주인한테 강매당한 적 없냐고."

"그건 또 어떻게……."

"그럴 줄 알았어."

로운은 눈을 가늘게 뜨고 고개를 끄덕였다. 어쩐지 나만 이해하지 못하는 분위기였다.

"뭐가 그럴 줄 알았다는 건데?"

"나도 샀거든. 그리고 또 한 명이 있는데……. 아, 저기 온다."

로운의 시선을 따라 고개를 돌리자 저만치에서 걸어오는 남학생이 보였다. 또래에 비해 키가 좀 작고 왜소한 체격이었다. 그에 반해 무척이나 해맑은 표정의 그는 우리를 향해 크게 손을 흔들며 다가왔다.

"미안, 미안. 엄마가 데리러 오셔서 허락 좀 받느라."

"무슨 허락?"

내가 고개를 갸웃거리며 묻자 그는 민망한 듯 우물쭈물하더니 조그맣게 말했다.

"친구들이랑 놀게 해달라고."

"어린애도 아니고 그런 허락까지 받아야 해?"

내 상식으로는 도저히 납득이 가지 않았다. 고등학교 입학식에 엄마가 데리러 왔다는 사실이 더 충격적이었다.

"우리 엄마가 좀 그래. 아무튼 나는 우주야, 나우주. 넌?"

"정도하."

"잘 부탁해. 앞으로 자주 보게 될 거 같으니까."

나는 마지못해 대꾸했다.

"응."

이것이 우리의 첫 만남이었다. 그리고 이때까지만 해도

알지 못했다. 앞으로 우리가 엄청난 일들을 겪게 될 거라는
것을.

**작가의 말**

　세계적인 화가, 밥 로스는 "어둠을 그리려면 빛을 그려야 하고, 빛을 그리려면 어둠을 그려야 한다"라고 말했습니다. 그림 속에서는 어둠과 빛이 반복됩니다. 빛 안에서 빛을 그리거나 어둠 안에서 어둠을 그려봤자 아무것도 보이지 않는 까닭입니다.

　하지만 그림이 아닌, 현실에서는 어둠에 매몰된 채 살아가는 사람들이 존재합니다. 인생에 있어 빛이 희망이라면, 어둠은 절망을 상징하는데요. 어둠에 매몰되었다는 건 한 줄기 희망조차 없다는 의미일 것입니다. 어린 시절 부모로부터 학대를 당하거나 학교 폭력을 경험한 피해자들은 끔찍한 기억에서 좀처럼 벗어나지 못합니다.

『퀘스트, 나이트메어』는 바로 피해자, 그들이 겪는 악몽에 대한 이야기입니다. 하루가 멀다 하고 각종 흉악 범죄를 다루는 뉴스가 쏟아지는 시대입니다. 그런데 어째선지 대중의 관심은 피해자가 아닌 가해자에게 집중되는 경향이 있습니다. 저런 흉악범들은 사회에서 영원히 격리시켜야 한다고 비난하면서 말이죠. 사건은 얼마 지나지 않아 흐지부지 묻혀버리고 남은 피해자와 유가족은 영원히 고통 속에서 살아갑니다.

이 책을 쓰는 동안 저 역시 청소년 시절의 악몽이 줄줄이 떠올라 정신적으로 무척 힘들었습니다. 하지만 지금 이 시간에도 빛 한 줌 없는 어둠에 갇혀 절망하고 있을 누군가에게, 베갯잇을 슬픔으로 흠뻑 적시고 있을 누군가에게 위로와 응원의 한마디를 조심스레 건네고 싶다는 심정으로 마지막 페이지까지 힘겹게 써 내려갔습니다.

책을 읽고 계신 여러분에게 저의 진심이 조금이라도 닿을 수 있기를 바라며, 해리포터에 나온 대사로 인사를 대신하겠습니다.

"빛을 밝히는 것만 기억한다면, 행복은 가장 어두운 시기에도 찾을 수 있어."

또 한 권의 책이 세상 밖으로 나올 수 있도록 그동안 애써주신 이지북 출판사의 모든 관계자분께 고개 숙여 감사드립니다.

제리안

# 퀘스트, 나이트메어

© 제리안, 2024

초판 1쇄 인쇄일 2024년 4월 17일
초판 1쇄 발행일 2024년 4월 30일

지은이      제리안
펴낸이      강병철
편집        최웅기 박진혜 정사라
디자인      박정은
마케팅      최금순 이언영 연병선
            이유빈 최문실 윤선애
제작        홍동근

펴낸곳      이지북
출판등록    1997년 11월 15일 제105-09-06199호
주소        (04047) 서울시 마포구 양화로6길 49
전화        편집부 (02)324-2347, 경영지원부 (02)325-6047
팩스        편집부 (02)324-2348, 경영지원부 (02)2648-1311
이메일      ezbook@jamobook.com

ISBN 979-11-93914-05-2 (03810)